三人娘がメイドになっておもてなし!?
「ちょっと
短す
……」
「下着、気持ち、駄目」
「今日は楽しんで欲しい」
クロの戦記12
異世界転移した僕が最強なのは
ベッドの上だけのようです

ケイン
傭兵、野盗、騎兵隊長と来て、
ついにカド伯爵領の
代官にまで出世した
クロノの信頼厚い男。
面倒見がよく、苦労性。
エレイン
クロノの成功に賭け、
見事に勝ち取った女傑。
どこかつれないケインのことを
気に入っている。
ケインが代官に!?

シフ
傭兵たちを束ねる長。
自分たちの安住できる場所を求め、
シルバートンにやってくる。
ウェスタ
事務官見習いとして働く
奴隷の少女。
ケインが代官所の
メンバーとして引き抜く。

「も、もしかして、今からするつもり？」

クロの戦記12

異世界転移した僕が最強なのは
ベッドの上だけのようです

サイトウアユム

HJ文庫
1095

口絵・本文イラスト　むつみまさと

序章『通信試験』005
第一章『代官就任』010
第二章『代官所』055
第三章『傭兵ギルド』088
第四章『革新』157
幕間『蝙蝠』208
第五章『クロノの優雅な一日』229
終章『盤外』291

Record of Kurono's War
isekaiteni sita boku ga saikyou nanoha
bed no uedake no youdesu

序章『通信試験』

帝国暦《ていこくれき》四三二年三月 上旬《じょうじゅん》 昼──クロノは書類を手に取り、そこに書かれた文章を目で追った。だが、目が上滑《うわすべ》りしてしまい、内容がちっとも頭に入ってこない。集中力を欠いているせいだ。理由は分かっている。書類を元の場所に戻《もど》し、机の上にある透明《とうめい》な球体に視線を向ける。部下との連絡《れんらく》に使っている通信用マジックアイテムではない。ハシェル・シルバートン間に敷設《ふせつ》した超長距離《ちょうちょうきょり》通信用マジックアイテムの端末《たんまつ》だ。これから通信試験を行う。上手《うま》くいけばいいが、下手をすればこれまでの投資が無に帰す。その不安がクロノから集中力を奪《うば》っているのだ。

「吐《は》きそう……」

思わず呟《つぶや》いたその時、トントンという音が響《ひび》いた。扉《とびら》を叩《たた》く音だ。超長距離通信用マジックアイテムに気を取られていたせいでびくっとしてしまう。クロノは咳払《せきばら》いをし──。

「どうぞ！」

「邪魔《じゃま》するよ」

声を張り上げた。すると、女将《おかみ》が入ってきた。手ぶらではない。ティーセットの載《の》ったトレイを持っている。女将はこちらにやって来るとトレイを机の上に置いた。手慣れた所作で香茶を淹《い》れ、ティーカップをクロノの前に置く。

「召《め》し上がれ」

「ありがとう」

クロノは礼を言ってティーカップを手に取った。一口飲んで息を吐く。鎮静《ちんせい》効果でもあったのか、不安が和《やわ》らいだような気がした。

「どうだい？」

「お陰《かげ》で――」

『……こちらエリル。エラキス侯爵《こうしゃく》、聞こえていたら応答して欲《ほ》しい』

楽になったよ、とクロノは口にすることができなかった。超長距離通信用マジックアイテムの端末からエリルの声が響いたのだ。香茶が飛び散るのも構わずにティーカップを机に置き、身を乗り出す。

「こちらクロノ。エリル、聞こえる？」

『……聞こえている』

「よかった～」

『……私は成功するように計算して作っている』

プライドを傷付けてしまったのだろう。エリルがムッとしたように言う。すると、女将が超長距離通信用マジックアイテムの端末を覗《のぞ》き込《こ》んで口を開いた。

「そう言いなさんな。成功するって分かっててもびびっちまうことはあるもんだよ」

『……む、一理ある。だが、私はこれ以上の試験は必要ないと考える。よって今からエラキス侯爵領に戻る』

「はいはい、焼き菓子を作って待ってるよ」

『すぐ帰る！』

女将が優《やさ》しげな声で言うと、エリルは大声で叫《さけ》んだ。超長距離通信用マジックアイテム越《ご》しにドタバタという音が響く。エリルらしい、とイスの背もたれに寄り掛《か》かり、安堵《あんど》の息を吐く。

「無事に成功してようやく一息って感じかね？」

「うん、本当にようやく一息って感じ」

女将の言葉にクロノは溜息《ためいき》交じりに答えた。本当によかった。投資を無駄《むだ》にせずに済んだし、超長距離通信用マジックアイテムが完成したお陰で次のステージに進める。さらにいくつかのアイディアが脳裏《のうり》を過《よぎ》り、クロノは笑った。

「急に笑い出してどうしたんだい？」

「いやね、将来的には帝国《ていこく》中に通信網《つうしんもう》を敷《し》きたいなとか、この技術を応用してテレビは無理でもラジオくらいは作れるんじゃないかなとか考えちゃって」

「呆《あき》れた。テレビとラジオが何なのか分からないけど、もう皮算用してんのかい？」

「うん、まあ……。ああ、でも、皆《みんな》に有用性を分かってもらわないと無理か。どうすれば皆に興味を持ってもらえるかな？」

「そんなこと、あたしに聞かれても困るよ」

　クロノが問いかけると、女将は眉根《まゆね》を寄せて答えた。それから小さく微笑《ほほえ》む。その調子なら大丈夫《だいじょうぶ》そうだねとでも言いたげな微笑みだった。

第一章『代官就任』

ケインは木箱《きばこ》に座《すわ》り、ぼんやりと庭園を眺《なが》める。侯爵邸《こうしゃくてい》の庭園ではない。騎《き》兵隊《へいたい》宿舎の庭園だ。風は冷たいが、日差しはぽかぽかと暖かい。ケイン達《たち》の腕《うで》が悪いせいで庭園は荒《あ》れ果てていく一方だが、暖かな日差しを浴びながらぼんやりとしていると、この庭園もそう悪くないように思えてくる。風が吹《ふ》き——。

「農作業を始める時期だな」

ケインはぽつりと呟いた。最後に鍬《くわ》を握《にぎ》ったのは二十年以上前だ。当時の記《き》憶《おく》は曖昧《あいまい》で鍬の握り方も思い出せない。それでも、この時期になると落ち着かない気分になるのは自分の根っこが農民だからだろう。小さな畑でも作ってみるかと考え、すぐに仕事があるから無理だなと思い直す。そして、自嘲《じちょう》する。畑を作りたければ作ればいい。それなのに仕事があるから無理だと思い直した。要するに本気じゃない。失ったものに対する未練みたいなもの。それゆえの自嘲だ。

視界の隅《すみ》で何かが動く。反射的に視線を向けると、クロノがこちらに近づいてくる所だった。クロノが騎兵隊宿舎に来るなんて珍《めずら》しいこともあるものだ。居住まいを正す。すると、クロノがケインの前で立ち止まった。

「ケイン、おはよう」

「ああ、おはようさん。今日は――」

どうしたんだ？　と言おうとして口を噤《つぐ》む。嫌《いや》な予感がした。

「実は超長距離通信用マジックアイテムの通信試験が無事に終わったんだ」

「へ～、そいつはよかったな」

「うん、失敗したらどうしようって不安で堪《たま》らなかったよ」

嫌な予感を抱《いだ》きながら相槌《あいづち》を打つと、クロノは疲労《ひろう》を滲《にじ》ませた声で言った。

「これで次のステージに進めるよ」

「そうか」

ケインは再び相槌を打った。やはり、嫌な予感がする。ここは逃《に》げるべきだ。そう考えて脚《あし》に力を込める。だが、立ち上がれなかった。クロノに肩《かた》を掴《つか》まれたのだ。

「そのまま」

「いや、ちょっと用事を思い出してよ」

「一分で済むから」

ぐッ、とケインは呻《うめ》いた。一分で済むからと言われては聞くしかない。

「分かった。とっとと用件を言ってくれ」

「ケインをカド伯爵《はくしゃく》領の代官に任命します」

「くそッ、嫌な予感が当たりやがった」

ケインは思わず悪態を吐いた。こんなことなら飯でも食いに行っておけばよかった。

「じゃ、そういうことで」

「待て、せめて理由を言ってから帰れ」

ケインはその場を立ち去ろうとするクロノを呼び止めた。

「なんで、俺《おれ》なんだ？」

「消去法？」

「消去法って……。他にも代官に相応《ふさわ》しいヤツがいるだろ？」

「たとえば？」

「フェイなんてどうだ？　あれでもあいつは貴族だ。来たばかりの頃《ころ》より視野が広くなってるし、人の動かし方も分かってる」

「愛人を代官に任命するのはちょっと」

フェイを推薦《すいせん》するが、クロノはお気《き》に召さないようだ。

「愛人が駄目《だめ》ならミノはどうだ？」

「ミノさんがいなくなったら部隊運営に支障が出るよ」

「俺がいなくても支障が出るだろ？　騎兵隊はどうすんだよ？」

「フェイに頑張《がんば》ってもらう。大丈夫。ケインが代官に推薦するくらいだもの。騎兵隊の隊長としてやっていけるよ、多分」

　ぐぅ、とケインは呻いた。まさか、自分の発言で墓穴《ぼけつ》を掘《ほ》ることになるとは思わなかった。それに、とクロノが続ける。

「ケインは領主代理をやってくれたでしょ？　実績から考えてもケインしかいないよ」

「実績は分かったけどよ。フェイのヤツが……」

　何て言うかと口にしかけて止める。ケインが代官になると知ればフェイはムッとしたような表情を浮《う》かべることだろう。だが、騎兵隊長の後任が自分だと知れば一瞬《いっしゅん》で手の平を返すに違《ちが》いない。

「サッブのヤツが何て言うか」

「サッブなら『あとのことは任せて下せぇ』とか言うんじゃない？」

「一応、サッブと相談させてくれ」

「大丈夫だと思うけど……。まあ、こういうことはケインから切り出した方がいいね」

「そういうことだ」

引き止めてくれりゃいいが……、とケインは小さく溜息を吐いた。

※

夕方――ケインはフェイ達が戻ってくる時間を見計らって騎兵隊宿舎を出た。読み通りというべきか、侯爵邸の門の前で街道《かいどう》の警備から戻って来たフェイ達と出くわした。フェイが馬から下り、背後にいたサップ達も馬から下りる。

「ケイン隊長、お疲《つか》れ様《さま》であります！」

「「「「「お疲れ様です！」」」」」

「おう、お疲れさん」

フェイが声を張り上げると、サップ達が後に続いた。ケインは挨拶《あいさつ》を返し、眉根を寄せた。アリデッドとデネブの声が聞こえなかったのだ。後方に視線を向ける。すると、二人はぐったりしていた。フェイが不思議そうに首を傾《かし》げる。

「どうかしたのでありますか？」

「ちょっと話があってな」

「解散した後でいいでありますか？」

「それで構わねーよ」

「了解《りょうかい》であります」

　ケインはフェイと肩を並べて歩き出した。侯爵邸の敷地《しきち》に入り、玄関《げんかん》に程近《ほどちか》い場所で背後に向き直る。サップ達がこちらを見ている。フェイが背筋を伸《の》ばし——。

「今日も一日お疲れ様でしたであります‼」

「「「「「お疲れ様でした！」」」」」

「「お疲れ様でした～みたいな」」

　大声で叫ぶ。すると、サップ達も大声で叫んだ。アリデッドとデネブは大声で叫ぶ気力もないようだ。騎兵隊員が移動を開始する。

「姐《あね》さん、手綱《たづな》を——」

「悪ぃ、サップはここに残ってくれ」

　フェイの馬を厩舎《きゅうしゃ》に連れて行くためだろう。サップが近づいてくる。だが、ケインはサップを呼び止めた。長い付き合いだけに感じるものがあったのだろう。サップは立ち止まり、アルバ達に視線を向けた。

「アルバ、姐さんと俺の馬を厩舎に連れていってくれ。グラブとゲイナーはアリデッドとデネブの馬を頼《たの》む」

「「うっす！」」

サッブが指示を出すと、アルバはフェイとサッブから、グラブとゲイナーは地面に蹲《うずくま》るアリデッドとデネブから手綱を受け取って厩舎に向かった。アリデッドとデネブにも移動して欲しいが、ぐったりしている二人を見ていると自分達が移動すべきではないかという気がしてくる。だが――。

「アリデッド殿《どの》、デネブ殿、とっとと新兵舎に帰って欲しいであります」

フェイは無慈悲《むじひ》に言い放った。アリデッドとデネブがしんどそうに顔を上げる。

「疲労困憊《ひろうこんぱい》のあたしらにひどい言い様だし」

「人の心がないみたいな」

「演技は結構であります」

「演技じゃないし！」

「あたしらは超体調《ちょうたいちょう》不良みたいなッ！」

フェイがぴしゃりと言うと、アリデッドとデネブは勢いよく立ち上がって抗議《こうぎ》した。どう見ても体調不良には見えない。ケインの視線に気付いたのだろう。アリデッドとデネブは手で口とお腹《なか》を押《お》さえた。

「うッ、吐《は》き気《け》がするし！　お腹の調子も悪いみたいなッ！」

「これは兵舎に戻るしかないし！　残念だな〜みたいなッ！」

二人はそんなことを言ってその場を立ち去った。ふぅ、とフェイが溜息を吐く。

「いつもあんな調子なのか？」

「体調が悪いふりをすれば仕事をサボれると学習したみたいであります」

ケインが問いかけると、フェイは溜息交じりに答えた。

「それで、何の用でありますか？」

「実はクロノ様からカド伯爵領の代官になるように言われてな」

「ケイン殿が代官でありますか」

フェイがムッとしたような表情を浮かべ、マズいと思ったのかサッブが口を開く。

「お頭《かしら》が代官になったら騎兵隊長は誰《だれ》がやるんで？」

「フェイに――」

「本当でありますか⁉」

サッブの質問に答えようとするが、フェイに遮《さえぎ》られてしまった。

「うん、まあ、クロノ様はそう考えてるみたいだな」

「私が騎兵隊長でありますか〜」

ケインが気圧《けお》されながら答えると、フェイはうっとりと呟いた。

「姐さん、おめでとうございやす」

「いや～、祝ってもらうにはまだ早いでありますよ。これは、そう、内示的なものでありますからね。まだまだ予断は許さないであります」

そんなことを言いながらフェイの表情はだらしなく緩《ゆる》んでいる。

「お頭はどうするつもりなんで？」

「正直、ちょっと迷っててな」

「――ッ！」

サッブに問いかけられ、正直な気持ちを口にする。すると、フェイがぎょっとこちらを見た。信じられないと言わんばかりの表情だ。

「俺は平民だし、代官は荷が――」

「何を言っているのでありますか⁉　代官でありますよ、代官！　賄賂《わいろ》をもらってがっぽりの代官！　断る理由なんてないでありますッ！」

「お前な……」

ケインは呻いた。騎兵隊長になってから品行方正に生きてきた。それなのに賄賂で私服を肥やせると口にされるとは――。

「サップ、お前はどう思う？」

「いい話じゃありやせんか。俺は引き受けるべきだと思いやすぜ」

「そう！　いい話でありますッ！　サップさんはいいことを言うでありますねッ！　あとのことは私達に任せて代官ライフをエンジョイして欲しいであります！」

サップが諭《さと》すような口調で言うと、フェイがここぞとばかりに捲《まく》し立てた。予想通りといえば予想通りだが、やはり二人は引き止めてくれなかった。

「話が纏《まと》まったみたいだね」

「うぉッ！」

突然《とつぜん》、背後から肩を叩かれ、ケインは飛び上がった。振《ふ》り返ると、いつの間にやって来たのかクロノが立っていた。

「それで、代官をやってくれるってことでＯＫ？」

「ＯＫ、分かった、やってやるよ」

ケインは半ば自棄《やけ》になって答えた。だが、不思議なもので代官を引き受けると口にすると、一丁やってやろうという気になる。そういえば――。

「今回の人事って帝国を変えるって件と関《かか》わりがあるのか？」

「それもない訳じゃないけど……。さっきも言った通り、消去法で。あとは年齢《ねんれい》とか、実績とか、上司として部下にキャリアプランを示さなきゃ的な意味合いもあって……」

クロノはごにょごにょと言った。自信満々で言い切ってくれりゃテンションを上げられるのにと思わないでもない。

「ところで、俺が断ってたらどうするつもりだったんだ？」

「もう軍務局にケインを退役《たいえき》させますって書簡を送っちゃったから――」

「本人の承諾《しょうだく》もなしにそんな書簡を送るなよ」

ケインは思わずぼやいた。どうやら自分には最初から断る権利がなかったらしい。というか、自分が帝国軍人になっていたとは思わなかった。どんなコネがあれば自分のように素性《すじょう》の怪《あや》しい人間を軍人にできるのだろう。そんな疑問が湧《わ》き上がる。だが、すぐにティリア皇女の存在に思い至った。なるほど、ティリア皇女ならば素性の怪しい人間を軍人にするくらい朝飯前か。う～ん、とフェイが唸《うな》る。

「どうかしたのか？」

「退役の届け出をしたということは危《あや》うく三十代無職が誕生する所だったでありますね」

「三十代無職……」

ケインは鸚鵡《おうむ》返《がえ》しに呟いた。何故《なぜ》だろう。底知れぬ恐怖《きょうふ》を感じる。

「気持ちは分かるであります。無職――没落《ぼつらく》と同じくらい恐《おそ》ろしい響きであります」

「俺も無職って響きに嫌なもんを感じやす」

「フェイ、サッブ……」

フェイとサッブがぶるりと体を震《ふる》わせ、ケインは改めて仲間意識を覚えた。いや、仲間意識を覚えている場合じゃない。クロノに視線を向ける。

「それで、俺は何をすりゃいいんだ？」

「色々やって欲しいことはあるんだけど、差し当たって契約《けいやく》の立ち合いかな？」

「契約の立ち合い？」

「うん、契約の立ち合い。僕《ぼく》はカド伯爵領——シルバートンを商人や職人の街にするつもりなんだけど、商取引が活発になったら揉《も》め事《ごと》が起きると思うんだよね」

「そりゃそうだろうな」

「たびたび揉め事が起きたら安心して商売なんてできないからさ。そこで、僕が無料で安心を提供しようって訳ですよ。まあ、実際に提供するのはケインだけど」

クロノはドヤ顔で言った。

「よく考えてるな」

「この前、ブラッド殿と契約を結んだ時に思い付きました」

ケインが感心して言うと、クロノは満更《まんざら》でもなさそうな表情を浮かべた。実際、よく考えている。代官立ち合いのもとで契約を交《か》わせば安心感があるし、公平な取引であることを演出できる。逆にそれ以外で契約を交わそうとすれば裏があるのではないかと勘繰《かんぐ》られることになる。さらにどんな取引が行われているのか把握《はあく》できるのも大きい。恐らく、聡《さと》い連中はクロノがある程度の自治は許しても無法は許さないと強烈《きょうれつ》にアピールしていると考えることだろう。

「クロノ様の考えは分かった。それで、何人くらい部下を付けてくれるんだ？」

「代官一名、事務官二名、受付二名、掃除《そうじ》その他諸々《もろもろ》をやってくれるメイドさん一名の体制でやっていければな〜って思ってます」

「そんなに引き抜《ぬ》いて大丈夫なのか？」

「無理だと思う」

「だよな」

ケインは溜息交じりに頷《うなず》いた。徴税《ちょうぜい》の様子を思い出す。あの時は経理担当のエレナまで駆《か》り出されていた。四人も引き抜く余裕《よゆう》はない。

「四人は無理でも一人くらいなら事務官を引き抜けるんじゃないかと思う、多分」

「多分、な」

「メイドさんは当てがあるから安心して！」

「残る三人は？」

「相性《あいしょう》の問題もあるし、できればケインに集めて欲しいな～って」

「俺がやるのか」

ケインは溜息を吐き、サッブに視線を向けた。フェイが視線を遮るように前に出る。

「サッブさんは駄目でありますよ。というか、騎兵隊から引き抜いちゃ駄目であります」

「引き抜かねーよ」

「本当でありますかぁ？」

「ホントだよ」

フェイの口調にイラッとしながら答える。

「とりあえず、当たれそうな伝手《つて》は全部当たってみる」

「よろしくね」

「任せておけと言いたいが……。いつまでに集めりゃいいんだ？」

「四月一日に代官所をオープンさせようと思ってます」

「滅《め》茶《ちゃく》苦茶《ちゃ》タイトなスケジュールじゃねーか」

クロノがしれっと言い、ケインは突《つ》っ込んだ。

「駄目そう？」

「できる限りのことはするが……。仕事をしながらじゃ無理だぜ？」

「うん、まあ、そこは……」

クロノは口籠《くちご》もり、フェイに視線を向けた。

「大丈夫？」

「大船に乗ったつもりで任せて欲しいであります」

クロノが問いかけると、フェイはドンと胸を叩いた。

「はい、じゃあ、ケインは明日から人集めの仕事に専念してもらうということで。他に必要なものはない？」

「あとは金だな。いざという時は金で解決する。それとシッターさんと話しておきてぇ」

「あ、シッターさんの所に行ってくれるんだ」

「部下を引き抜くんだ、最終的に命令って形になるにせよ誠意は示しておかねーとな」

それくらいで勘弁《かんべん》してくれりゃいいが、とケインは心の中で付け加えた。

※

翌朝――ケインは騎兵隊宿舎にある自室のベッドで目を覚ました。部下はもう仕事に行ってしまったのだろう。騎兵隊宿舎は静まり返っている。体を起こし、昨日のことを思い出して笑《え》みを浮かべる。部下達はケインが代官に任命されたことを我《わ》がことのように喜んでくれた。それが嬉《うれ》しくもあり、申し訳なくもあった。一度は部下を盗賊《とうぞく》にまで落ちぶれさせてしまった身だ。にもかかわらず代官に任命された。ネガティブとまでは言わずともポジティブでない反応があるかと思っていたのだ。だからこその申し訳なさだ。ともあれ、これで踏《ふ》ん切りが付いたような気がする。

私服に着替《きが》えて部屋を出る。廊下《ろうか》には誰もいない。ここで寝起《ねお》きするのもあと少し。そう考えると少しだけ感傷的な気分になる。いや、と頭を振る。感傷的な気分になっている場合じゃない。シッターに挨拶をし、さらに人集めをしなければならないのだから。

宿舎から出る。すると、風が押し寄せてきた。冬の気配を残した風だ。だが、日差しは昨日と同じくぽかぽかと暖かい。ケインは荒れ果てた庭園を横目に見ながら騎兵隊宿舎を後にした。道なりに進み——。

「あれは？」

侯爵邸の門から少し離《はな》れた所で立ち止まる。二人の女性が侯爵邸に入って行くのが見えたのだ。地味な服装ながら立ち居振《ふ》る舞《ま》いに気品を感じさせた。恐らく、ワイズマン教師の部下だろう。元々はエレインの部下だったらしいが——。

「エレインの部下か」

う~ん、とケインは唸った。教養があり、接客にも慣れている。紹介《しょうかい》してもらえるものなら紹介してもらいたい。だが、エレインの部下という所に不安を覚える。下手に部下にすると情報を盗《ぬす》まれそうだ。エレインに頼《たよ》るのは最後の手段にすべき。そんな結論に達して再び歩き出す。門を潜《くぐ》り抜けると、職人が仕事の準備をしていた。忙《いそが》しく動き回る彼《かれ》らの脇《わき》を通って侯爵邸に入り、事務室に向かう。

扉を開け、事務室に入る。フロアは受付カウンターによって二つに分けられている。ケインがいる受付カウンターの外側と十人余りの事務官が働く受付カウンターの内側だ。ちなみに外側には申請書《しんせいしょ》を書くための高い机と座って待つための長イスが設置されている。ケインは受付カウンターに歩み寄り、女性事務官に声を掛けた。

「騎兵隊長のケインだが、シッターさんはいるか?」

「失礼ですが、アポは?」

「クロノ様が話をしているはずなんだが……」

ケインは口籠もりながら答えた。きちんと話をしてくれていると信じたいが、忘れている可能性もゼロではない。

「分かりました。少々お待ち下さい」

そう言って、女性事務官は透明な球体――通信用マジックアイテムを手に取った。ケインが持っているそれよりもサイズは小さい。クロノがエリルに作らせた新しい通信用マジックアイテムだ。自由にマジックアイテムを作れるようになったとはいえ、よくもまあすぐに導入できるものだと感心してしまう。特に超長距離通信用マジックアイテムだ。ケインならばハシェル・シルバートン間に敷設しようなんて考えもしないだろう。

「シッター室長、騎兵隊長のケイン様がお越しです」

『……すぐに行きます、はい』

やや間を置いて返事があった。しばらくしてガチャという音が響く。音のした方を見ると、事務室の奥《おく》にある扉が開く所だった。当然、扉を開けたのはシッターだ。

「これはどうも、ケイン殿。クロノ様から話は聞いております。どうぞ、室長室に」

ケインはシッターのもとに向かった。事務室を横切り、室長室に入る。部屋の中央付近まで進んで視線を巡《めぐ》らせる。飾《かざ》り気のない部屋というのが第一印象だ。机や書類棚《だな》はもちろん、応接用のソファーとテーブルもシンプルな作りをしている。

「どうぞ、ソファーにお掛けになって下さい」

ああ、とケインは返事をしてソファーに座った。ややあって、シッターが大儀《たいぎ》そうに対面のソファーに腰《こし》を下ろす。

「クロノ様から聞いていると思うが……。実は代官に任命されてな」

「はい、聞いております。事務官を一人引《ひ》き抜かねばならないことも……」

ケインが切り出すと、シッターは呻くように言った。

「やっぱ、難しいか？」

「難しいと言うか……。難しいです、はい。正直に申しますと、代官所の業務内容を鑑《かんが》みるに事務官は必要ないのではないかと、はい」

「確かに」

代官所の業務は契約書《けいやくしょ》の内容確認《かくにん》、誰がいつ契約を交わしたのかを把握するためのリスト作成、契約式の実施《じっし》、契約書の保管の四つだ。事務官でなくても一定以上の教養を備えた者であれば業務遂行《すいこう》は難しくないはずだ。まあ、その一定以上の教養を備えた者がいないから事務官を引き抜こうという話になっている訳だが。どうしたものかと腕を組んだその時、トントンという音が響いた。扉を叩く音だ。

「どうぞ」

「……失礼いたします」

シッターが入室を許可する。すると、少女が入ってきた。胸の大きな猫背《ねこぜ》気味の少女だ。カップの載ったトレイを持っている。危なっかしい足取りでこちらにやって来て、これまた危なっかしい手付きでカップをテーブルの上に置く。

「ありがとうございます、はい」

「いえ……。失礼いたしました」

シッターが礼を言うと、少女は室長室を出て行った。

「あの娘《こ》は？」

「ウェスタと申しまして、クロノ様の奴隷《どれい》です、はい」

シッターは声のトーンを落として言った。

「ウェスタも事務官なのか？」

「見習いです、はい」

「事務官は難しいって話だが……。ウェスタならどうだ？」

「問題ありません、はい」

「判断が速いな」

「正直に申しますとウェスタさんがここで働き続けるのは難しいだろうと、はい」

「奴隷、だからか？」

「いえ、私共の力不足です」

シッターはハンカチで汗《あせ》を拭《ぬぐ》いながら答えた。

「ここには十五名の事務官がおりますが、人数が足りているとは言い難《がた》い状況《じょうきょう》です」

「それなら見習いでも確保しておきたいんじゃねーか？」

「それはそうなのですが、これからのことを考えますと、はい」

「これからのこと？」

「いつまでも事務官見習い──雑用ばかりさせる訳には参りません。ですが……」

「育てる余力がないってことか？」

「そういうことです、はい。エレナさんのように専門分野があればいいのですが……」

「次のキャリアを示せないか」

はい、とシッターは神妙《しんみょう》な面持《おもも》ちで頷いた。フェイのことがあるので、気持ちはよく分かる。人を育てるには余力が必要だ。ケインだってサッブ達がいなければフェイを育てられたか分からない。最初から必要なスキルを身に付けていたフェイでさえ育てるのに苦労したのだ。ましてや事務官、それも一から育てるとなるとどれほどの労力が必要になるのか見当も付かない。

「ウェスタと話をさせてもらえねーか？」

「それはもちろん。ですが、引き抜きの話ならば私からしますが？」

「ありがたい申し出だが、俺の気持ち──俺が代官所で働いて欲しいって思ってることを伝えねーとよくないものを残すだろ?」

「分かりました。よろしければ呼び戻《もど》しますが?」

「仕事もあるだろうし、出直すよ。で、いつ出直せばいい?」

「そうですね。では、仕事が終わった夕方に」

「分かった。その頃にまた来る」

ケインは立ち上がり——。

「そういや、ウェスタは誰と仲がいいんだ?」

「自由都市国家群《じゆうとしこつかぐん》でエレナさんと勉学に励《はげ》んだと聞いております、はい」

「なるほど、教えてくれてありがとうな」

ケインは礼を言って事務室を後にした。

※

ケインはある扉《とびら》の前で立ち止まった。経理担当であるエレナの執務室《しつむしつ》の扉だ。ウェスタを引き抜くにあたり、エレナにも話を通しておいた方がいいと思ったのだ。扉を叩《たた》く。ややあって——。

「開いてるわよ！」

エレナの声が響《ひび》いた。

「邪魔《じゃま》するぜ」

ケインが扉を開けて中に入ると、エレナは山のように置かれた書類の間からこちらを見ていた。何というか、不機嫌《ふきげん》そうだ。

「何しに来たのよ？」

「ちょっと話したいことがあってな」

「ふ～ん、暇《ひま》だからいいけど」

エレナは興味なさそうに言った。さて、どう切り出したものか。視線を巡らせ、窓際《まどぎわ》に花瓶《かびん》が置いてあることに気付く。丁度いい。まずこの花瓶を誉《ほ》めて、ウェスタの話に繋《つな》げよう。花瓶を手に取る。

「いい花瓶だな」

「それ、露店《ろてん》で買った安物よ？」

「……」

ケインは花瓶を元の位置に戻し、エレナに向き直った。

「で、何の用なの？」

「実はカド伯爵領の代官に任命されてな」

「そう、おめでと」

「ありがとさん」

エレナが素っ気なく言い、ケインは軽く肩を竦《すく》めた。沈黙《ちんもく》が舞い降《お》りる。エレナは黙《だま》り込《こ》んでいたが、やがて沈黙に耐《た》えられなくなったように口を開いた。

「自慢《じまん》しに来た訳じゃないでしょ？」

「ああ、代官所を開くに当たって事務官を引き抜くことになってな」

「あたしは嫌だから」

「分かってる。つか、いくら何でも経理担当を引き抜かせちゃくれねーだろ」

「ふふん、分かってるじゃない。それで、誰を引き抜くつもりなの？」

「お前の友達――ウェスタだ」

「ふ～ん、いいんじゃない？」

エレナは今度も素っ気なく言った。意外だ。エレナはケインを嫌《きら》っている。だから、話を通しておいた方がいいと判断したのだが――。

「何よ、その顔は？」

「文句の一つも言われるんじゃねーかと覚悟《かくご》してたんだが……」

「言わないわよ。子どもじゃないんだから」

エレナはムッとしたように言った。ふぅ、と溜息《ためいき》を吐《つ》く。

「正直、ウェスタは今の職場に向いてないような気がするのよね。ほら、事務官ってエリート意識が強いでしょ？」

「そうなのか？」

「そうなのッ！」

ケインが問い返すと、エレナは声を荒《あら》らげた。言われてみればシッター達はティリア皇女の部下だった訳だし、エリート意識が強くても不思議ではない。

「ウェスタは気が弱いから相性がよくないの。それに奴隷だし……」

なるほど、そういうことか。素っ気ないと思っていたが、エレナなりにウェスタのことを考えての発言だったようだ。

「ところで、クロノ様は何て？」

「引き抜き許可はもらってる」

「じゃ、問題ないわね」

エレナはこれまた素っ気なく言った。でも、と続ける。

「ウェスタを泣かせたら承知しないわよ？」

「分かってる」

エレナが地の底から響くような声で言い、ケインは表情を引き締《し》めて答えた。

※

昼――。

「お力になれず申し訳ありません、ケイン隊長」

「いや、専門じゃないって分かってて声を掛《か》けたのはこっちだから気にしねーでくれ」

カウンターの向こうで申し訳なさそうな表情を浮かべる店主にケインは努めて軽い口調で告げた。駄目元《だめもと》で声を掛けたのだ。そんな顔をされると困ってしまう。

「それよりまた何かあった時は頼むぜ？」

「ええ、その時はよろしくお願いします」

ケインが銀貨をカウンターに置くと、店主は驚《おどろ》いたように目を見開いた。

「お役に立てなかったのでお代は……」

「迷惑料《めいわくりょう》だよ。もらってくれないとこっちが心苦しい」

「そういうことでしたら」

店主が渋々《しぶしぶ》という感じで銀貨を手に取り、ケインは店を出た。静まり返った歓楽街《かんらくがい》を進む。酒場や娼館には副業として口入れ屋をやっている所がある。今の店もその一つだ。目ぼしい人材がいれば紹介してもらおうと思ったのだが、空振《からぶ》りに終わった。当然といえば当然だ。最低限の教養を備えているだけで特殊《とくしゅ》技能者と言っていい。そういう人材が口入れ屋の世話になることはまずない。ケインが求めるレベルであれば尚更《なおさら》だ。

「一応、救貧院《きゅうひんいん》にも顔を出してみるか」

溜息交じりに呟《つぶや》いた次の瞬間《しゅんかん》、視界が一気に開けた。商業区の大通りに出たのだ。昼間ということもあって人通りは多い。居住区にある救貧院に向かう。広場が見えてきた所で前を歩いていた女性がハンカチを落とした。

「ハンカチを落としたぜ」

「あら、ありがとう」

ハンカチを拾い、声を掛ける。すると、女性が振り返った。思わず顔を顰《しか》める。振り返ったのがエレインだったからだ。今すぐハンカチを捨てるべき。そう考えたが、できなかった。ケインがハンカチを捨てるよりも速くエレインが距離《きょり》を詰《つ》め、ぎゅっと手を握《にぎ》り締めてきたからだ。

「ハンカチを拾って下さってありがとうございます。よければ一緒《いっしょ》に香茶でも如何《いかが》？」

「お前、わざと落としただろ？」

「運命を感じた？」

「感じたのは運命じゃなくて作為《さくい》だ」

悪戯《いたずら》っぽい笑みを浮かべるエレインにケインは溜息交じりに答えた。こうやって男は騙《だま》されるのだろう。

「それで、どう？」

「どうって？」

「一緒に香茶でも如何って言ったじゃない」

ケインが鸚鵡返しに呟くと、エレインはムッとしたように言った。

「悪《わり》ぃが、今は忙しくてな」

「だから、声を掛けたのよ。代官所のスタッフを探してるんでしょ？　私なら相談に乗ってあげられるわ」

「もうお前の耳に入ったのか」

「私の職業は？」

「情報屋」

「分かってるじゃない。そう、私は情報屋。耳聡《みみざと》くないとできないお仕事なの」

ケインがぼそっと呟くと、エレインは愉快《ゆかい》そうに言った。これが地ならまだ可愛《かわい》げがあるのだが、彼女《かのじょ》の場合は十中八九演技だ。

「警告しておくけど、今のやり方じゃ警戒心《けいかいしん》しか湧いてこない。貴方《あなた》の求める人材は集められないわよ。ああ、やってみないと分からないなんて言わないでね」

「……」

ケインは押し黙った。やってみないと分からないと言おうとしたからではない。何か言ったら十倍くらい言い返されそうな予感がしたからだ。

「どうかしら？　相談料は安くしておくわよ？」

「……分かった」

少しだけ悩《なや》み、エレインの提案を受け入れる。彼女の指摘《してき》はもっともだし、期日の問題もある。ぎりぎりまで粘《ねば》って駄目《だめ》でしたという展開だけは避《さ》けたい。

「じゃ、行きましょ？」

そう言って、エレインは自身の腕《うで》をケインのそれに絡《から》めた。

「なんで、腕を組むんだ？」

「腕を組んだ方が雰囲気《ふんいき》が出るでしょ？」

「何の雰囲気だよ」

「こっちよ」

ケインはぼやいたが、エレインは無視して歩き出した。

※

エレインに腕を引かれて辿《たど》り着いたのは商業区にある喫茶店《きっさてん》だった。洒落《しゃれ》た外観が周囲の建物と調和しているが、こんな格好で店に入っていいのか不安になる。

「行きましょ？」

「ああ……」

エレインに腕を引かれ、ケインは歩き出した。扉を開ける。涼《すず》やかな音が響き、洒落た衣装に身を包んだ男性店員がやって来る。

「エレイン様、いつもご利用ありがとうございます。どうぞ、こちらに」

男性店員に先導され、ケイン達《たち》は店の奥へ移動する。といっても移動距離は数メートルだ。男性店員が立ち止まり、手の平でテーブル席を指し示す。

「どうぞ」

「ありがとう」

エレインが礼を言って席に着き、ケインは彼女の対面の席に座《すわ》った。

「ブレンドをお願い。貴方は？」

「同じものを」

「承知いたしました」

男性店員は優雅《ゆうが》に一礼するとその場を立ち去った。

「それで、何人必要なの？」

「事務官二人、受付二人、メイド一人だが――」

「事務官とメイドは一人ずつ当てがあって、残りを探しているって訳ね」

「そーだよ」

ケインはムッとしながら返す。状況を把握しているのならわざわざ尋《たず》ねるなと言いたい。

「受付二人は問題なく用意できるわ」

「事務官の当てはねーのか？」

「あるけど、私の部下が事務官になるのは嫌《いや》でしょ？」

「情報を盗まれそうだからな」

「だから、言わなかったのよ」

そう言って、エレインは困ったような表情を浮《う》かべた。

「まあ、代官の主業務は契約の立ち合いだから無理もないけど」

「そこまで知ってるのか」

「クロノ様から根回しがあったのよ」

しっかりしてて嫌になるわ、とエレインはぼやくように言った。それに、と続ける。

「あの子って利益誘導《ゆうどう》が妙《みょう》に上手《うま》いのよね。自治を認めるとか言って、自分達が介入《かいにゅう》しないと取引に支障が出るように仕向けてくるし」

「クロノ様は安心を提供したいって言ってたけどな」

「そんな訳ないじゃない。これはある程度の自治は認めるけど、無法は許さないっていうメッセージよ。ったく、可愛くないんだから」

エレインは吐き捨てるように言った。予想通りの出来事が起きている。きっと、聡い連中は自分がこう考えているから相手も同じに違《ちが》いないと考えてしまうのだろう。

「そういや、契約ってどうなってるんだ？」

「シナー貿易組合からの出向って形にしたかったんだけど……。あの子、直接雇用《こよう》にものすごい拘《こだわ》るのよね」

「ピンハネするって思われてるんじゃねーか？」

「失礼ね。常識の範囲内《はんいない》よ」

　エレインはムッとしたように言った。不意に視界が翳《かげ》る。男性店員が戻って来たのだ。男性店員が手慣れた所作でティーカップをテーブルに置く。

「御注文《ごちゅうもん》はお揃《そろ》いですか？」

「ええ、ありがとう」

「どうぞ、ごゆっくり」

　男性店員は一礼してその場を立ち去った。エレインがティーカップを手に取って口に運ぶ。声を漏《も》らしそうになるほど優雅な所作だ。ケインが見ていることに気付いたのか、ティーカップを置き、こちらに視線を向ける。

「どうかしたの？」

「綺麗《きれい》な飲み方だって感心してたんだよ」

「あら、ありがと」

　エレインはくすっと笑った。

「ところで、何処《どこ》まで話したかしら？」

「ピンハネは常識の範囲内って所までだ」

「そうだったかしら？　まあ、いいわ。クロノ様は直雇用に拘るけど、娼婦《しょうふ》あがりの平民が領主様と交渉《こうしょう》なんてできる訳がないのよね」

「まあ、そうだな」

ケインは相槌《あいづち》を打ち、ティーカップを手に取った。一口飲んで、軽く目を見開く。これまで飲んできた香茶が色つきの水に思えるほど芳醇《ほうじゅん》な味わいだった。

「美味《おい》しい？」

ああ、とケインは短く応じ、ティーカップをテーブルに置いた。

「だから、出向って形にしたかったんだけど――」

「できなかったんだな」

「再契約の時に立ち合うって条件は呑《の》ませたわ」

エレインは鼻息も荒く言い放ち、ずいっと身を乗り出した。

「貴方もこの条件を呑んでくれるわよね？」

「俺《おれ》に言ってどうするんだよ。と言いたい所だが、分かった。俺からクロノ様とシッターさんに伝えておく」

「話が早くて助かるわ」

エレインはホッと息を吐いた。

「とにかく、これで受付の目処《めど》は立った。あとは事務官だけだな」

「そのことだけど、奴隷を買えばいいんじゃない？」

「奴隷か」

エレインがこともなげに言い、ケインは顔を顰めた。

「抵抗《ていこう》があるなら可哀想《かわいそう》な娘に手を差し伸《の》べてやるって考えればいいわ」

「奴隷商人と顔を合わせるのが嫌なんだよ」

「真面目《まじめ》ね。示談になったんだから堂々としてればいいじゃない」

「お前な」

ケインは深々と溜息を吐いた。図太いというか何というか。

「けど、条件に合う奴隷なんて——」

ケインは途中《とちゅう》まで言いかけて口を噤《つぐ》んだ。エレインが意味ありげに微笑《ほほえ》んでいることに気付いたからだ。条件に合う奴隷がいるのだろう。

「いるのか？」

「ええ、丁度ね」

「本当かよ」

「失礼ね。嘘《うそ》なんて吐かないわよ」

エレインはムッとしたように言った。もちろん、ケインはエレインの言葉を疑っている訳ではない。彼女が条件に合う奴隷を用意したのではないかと思ったのだ。もっとも、それを指摘しても彼女は認めないだろう。また確かめる術もない。

「どういうヤツなんだ？」

「興味を持ってくれて嬉しいわ」

エレインは胸の前で手を組んで微笑んだ。

「少し薹《とう》が立ってるけど、傭兵《ようへい》ギルドに所属していた傭兵よ。読み書き計算は母親から教わったらしいわ。確か名前はロナと言ったかしら」

「ロナ？」

ケインは鸚鵡《おうむ》返《がえ》しに呟いた。何処《どこ》かで聞いたような名前だ。ロナ、ロナ、ロナ……、と口の中で名前を転がし、ある傭兵を思い出した。

「もしかして、屑《くず》拾いのロナか？」

「知ってるの？」

「面識はねーが、駆け出しがやるような依頼《いらい》ばかり受ける傭兵がいるって聞いたことがある。それで、そのロナなのか？」

「そこまでは分からないわ」

エレインはわざとらしく肩《かた》を竦め、再び身を乗り出してきた。

「どうするの？」

「……分かった。そいつを買う」

ケインは悩んだ末にロナを買うことにした。別の奴隷を希望したら攫《さら》ってでも用意しそうな怖《こわ》さがあったからだ。

「どうすればいい？」

「奴隷市で競《せ》り落とすか、裏で手を回して買い取るかね。競り落とす場合は予想外に高くなる可能性があるし、裏で手を回す場合は足下《あしもと》を見られる可能性があるわ」

「やっぱ、足下を見てくるよな」

これだから商人はと思うが、それが商売というものだろう。

「どうするの？」

「裏で手を回してくれ」

ケインは後者を選んだ。クロノの後《うし》ろ盾《だて》があれば奴隷商人もそこまで無茶《むちゃ》な値は付けないはずという期待があったし、確実にものにしておきたいという思いがあったからだ。

「予算は？」

「相場と掛け離れてるのは困る」

「うちの取り分を減らすことになるけど、サービスしてあ、げ、る、わ」

「そーかよ」

エレインが恩着せがましく言い、ケインは頬杖《ほおづえ》を突いた。

※

夕方――ケインがエレインとの打ち合わせを終えて侯爵邸《こうしゃくてい》に戻ると、事務室の前に本日の受付は終了《しゅうりょう》しましたという看板が置かれていた。参ったなと頭を掻《か》く。すると、タイミングを計っていたかのように室長室の扉が開いた。扉を開けたのはシッターだ。彼は廊下に出るとハンカチで汗を拭いながらこちらに近づいてきた。

「ケイン殿《どの》、お待ちしておりました、はい」

「悪ぃ。エレインと打ち合わせをして遅《おそ》くなった」

「構いません、はい。それで、どのようなお話を？」

「代官所の件でな。まず――」

ケインは打ち合わせの内容を可能な限り正確に話した。

「――と、まあ、こんな感じだ。マズかったか？」

「いえいえ、条件はすでに雇《やと》っているお二人と変わりありませんので。奴隷を購入《こうにゅう》する件についても目星が付いているのでしたら不要なリスクは避けるべきかと、はい」

「そういやクロノ様は直接雇用に拘っているって話だが、何か知ってるか？」

「ノウハウを蓄積《ちくせき》したいと考えているのではないかと、はい」

「なるほど、そういうことか」

　クロノは部下の教育を通して教育方法を確立させようとしている。そのためには短期間で教師を入れ替《か》えられるのは都合が悪い。そして、エレインはクロノよりも早く教育方法を確立させ、教育産業というべきものを手中に収めようとしている。だから、出向という形に拘っている。

「よく考えてやがるな」

「何のことでしょう？」

「いや、こっちのことだ。ところで、ウェスタは？」

「室長室で待ってます、はい。私は席を外しておりますので――」

「いや、一緒にいてくれ」

「よろしいのですか？」

「気が弱いって話だからな。見知った相手がいた方がいいだろ？」

「ケイン殿が構わないのでしたら、はい。では、室長室へ」

　シッターが踵《きびす》を返して歩き出し、ケインはその後に続いた。シッターに先導されて室長室に入る。すると、ウェスタがソファーに座って待っていた。こちらに気付くと慌《あわ》てた様子で立ち上がり、勢いよく頭を下げる。ケインは彼女の対面の席、シッターは隣《となり》の席に移動する。シッターも、ウェスタも座ろうとしない。そこでケインが先にソファーに腰を下ろすと、二人もソファーに腰を下ろした。

「まず挨拶《あいさつ》だな。俺はケインだ。シルバートンの代官に就任することになった。シッターさんからは何処まで聞いてる？」

「……」

ケインが問いかけると、ウェスタはシッターに視線を向けた。シッターが静かに頷《うなず》く。

「まだ何も聞いていません」

「そうか。俺はクロノ様の命令で代官所のスタッフを集めててな。それで、お前をスカウトしに来たって訳だ」

「声を掛けて下さったのはありがたいのですが、私は仕事ができる方じゃなくて……」

ウェスタはごにょごにょと言った。

「手探《てさぐ》りでのスタートだから仕事ができるかできないかは気にしなくていい。正直に言うと、俺もきちんと仕事をこなせるか自信がねぇ」

「……」

ケインが大仰《おおぎょう》に肩を竦めて言うと、ウェスタはぽかんとした表情を浮かべた。冗談《じょうだん》と思ったのか、くすりと笑う。

「でも、私はクロノ様の奴隷です」

「引き抜《ぬ》きの許可はもらってるし、クロノ様には俺から言っておくから心配するな」

「……」

努めて明るい口調で話《はな》し掛けるが、ウェスタは俯《うつむ》いてしまった。これはクロノの傍《そば》を離《はな》れたくないということだろうか。お手付きになったという話は聞いていないが——。

「何か気になることでもあるのか？」

「いえ、その……。クロノ様が代官所で働けと仰《おつしや》るなら……。そもそも、私に話をする必要はないんじゃ……」

ウェスタは上目遣《うわめづか》いにこちらを見ながら言った。

「確かに命令すれば済むことなんだが……。何というか、気分の問題だ」

「気分ですか？」

「俺はきちんと話して気分がいい、ウェスタは自分を求められて気分がいい。どうせ、働くんなら気持ちよく働きたい。つまり、そういうことだ」

「もし、私が断ったら？」

「そいつは困るな。けど、まあ、その時はその時で別の方法を考えるさ」

「でも、スカウトに来たんじゃ？」

「そうなんだが……。ものすごい期待を寄せてるかって言ったらそうでもないんだよ」

「そうですか」

ウェスタはしょんぼりと項垂《うなだ》れた。自信がないくせに期待していないと言われるのは嫌らしい。だが、そういうものかという気もする。

「さっきも言った通り、俺はきちんと仕事をこなす自信がねぇ。何しろ、代官をやるなんて初めてのことだからな。丸腰《まるごし》で戦場に赴《おもむ》くようなもんだ。けど、ナイフ一本でも持ってりゃ多少は気が楽になる」

「ナイフ一本ですか」

「そのナイフ一本で命を拾うこともあるかも、だ」

「……」

ウェスタは押《お》し黙った。思案するように眉間《みけん》に皺《しわ》を寄せている。できれば力になって欲《ほ》しいが、無理強《むりじ》いはすまい。しばらくして考えが纏《まと》まったのか口を開く。

「その話、お受けしたいと思います」

「いいのか？」

「自信はないですけど、ナイフ一本分くらいの働きならできると思いますし……」

自分で選んだ方がいいかなって、とウェスタはごにょごにょと呟いた。ケインは内心胸を撫《な》で下ろし、手を差し出した。

「よろしく頼《たの》む」

「はい、頑張《がんば》ります」

ウェスタは自信なさそうに言ってケインの手を握り返してきた。

※

クロノが執務室で手紙を読んでいると、トントンという音が響いた。扉を叩く音だ。

「どうぞ！」

「失礼いたします、はい」

手紙を引き出しにしまい、声を張り上げる。すると、シッターが扉を開けた。そのままこちらに歩み寄り、机の前で足を止める。

「どうかしましたか？」

「代官所の件で進捗《しんちょく》がありましたので報告に参りました、はい。現在——」

　クロノが問いかけると、シッターは代官所の件──ケインの人集めについて報告を始めた。どうやらケインは順調に人を集めているようだ。

「──とこのような感じです、はい。どうしますか？」

「問題ないと思いますので、そのまま進めて下さい」

「承知いたしました、はい」

　それにしても、とシッターがぽつりと呟く。

「何か気になることでも？」

「いえ、何でもございません。では、また何かあれば……」

　シッターはぺこりと頭を下げて執務室を出て行った。クロノは溜息を吐き、イスの背もたれに寄り掛かった。肘掛《ひじか》けを支えに頬杖を突《つ》き──。

「やっぱり、不審《ふしん》に思われたか」

　けど、あまりのんびりしてられないんだよね、とクロノは小さく呟いた。

第二章『代官所』

帝国暦《ていこくれき》四三二一年三月下旬《げじゅん》昼──箱馬車は街道《かいどう》を西へと進んでいく。騎《き》兵隊《へいたい》長を務めていた頃《ころ》に何度も通った道だが、視点の高さが違うからか新鮮《しんせん》に感じる。ケインがぼんやりと外の景色を眺《なが》めていると、視界の隅《すみ》で何かが揺《ゆ》れた。チラリと視線を横に向ける。すると、対面の席に座っていたウェスタが身を乗り出す所だった。

「何を見てるんですか？」

「外の景色だな」

「何かありますか？」

ケインが窓の外に視線を戻しながら答えると、ウェスタはさらに問いかけてきた。

「草と木と……。時々、馬車だな」

「そう、ですか」

ウェスタが相槌を打つ。何処か残念がっている口調だ。それで、ケインは尋ねたいことがあるのではないかと考えた。

「何か面白《おもしろ》いものがあったら教えてくれ」

「それなら！」

ウェスタは手を叩き、窓の方を見た。その拍子《ひょうし》に大きな胸が揺れる。だが、ケインは動じない。クロノならばガン見してしまっただろう。しかし、ケインは大人だ。動じないふりをするくらい朝飯前だ。

「あれは何で——あ、通り過ぎちゃいました」

ウェスタは窓の外を指さし、残念そうに言った。

「あれ？」

「道沿いに石の柱みたいなものが立ってたんです。あ、また来ますよ、来ますよ。見逃《みのが》さないで下さい。ほら、ほら——来ましたッ！」

ウェスタは子どものように窓に張りついて言った。生憎《あいにく》、石の柱は見られなかったが、それが何なのかは分かる。

「あれって何でしょう？　遺跡《いせき》でしょうか？」

「いや、あれはクロノ様が作った超長距離《ちょうちょうきょり》通信用マジックアイテムの中継器《ちゅうけいき》だ」

「マジックアイテムなんですか？」

「石の柱部分はコンクリート製だけどな。まあ、ただのコンクリートじゃなくて鉄の棒で補強されてて……。とにかく、コンクリートで外殻《がいかく》を作ってその中に通信用マジックアイテムを仕込《しこ》んでるんだよ」

　はぇ〜、とウェスタは感心したように声を上げた。

「クロノ様はすごいんですね。でも、どうして超長距離通信用マジックアイテムなんて作ったんでしょう？　お金もすごく掛かりそうなのに」

「確かに金は掛かるが、馬よりよっぽど早く連絡《れんらく》が取れるからな」

「何か勿体《もったい》ないですね」

「勿体ないって、俺達《おれたち》だけで使うことがか？」

「はい、便利なものなら皆《みんな》で使えるようにした方がいいと思います。ロナさんもそう思いますよね？」

　ウェスタは体を捻《ひね》り、隣に座る眼鏡をかけた女性——ロナに声を掛けた。エレインと喫茶店で打ち合わせをした時に名前が挙がった奴隷《どれい》だ。ケインの予想通り、彼女は『屑拾い』の二つ名を持つ傭兵だった。何でも父親が遺《のこ》した借金のせいで奴隷に転落してしまったらしい。ややそそっかしい所があるが、十分な教養を備えている。物怖《ものお》じしない所もいい。金貨七十枚の値を提示された時は随分《ずいぶん》と足下を見やがるなと思ったが、今は裏から手を回してよかったと感じている。

ロナはぶつぶつと呟きながら膝《ひざ》の上に置いた冊子を読んでいる。冊子はシッターを始めとする事務官が作った代官所の業務マニュアルだ。

「ロナさん？　ロナさん？　ロナさんってば！」

「――――ッ！」

ウェスタが大声で名前を呼ぶ。すると、ロナはハッとしたようにウェスタを見た。

「何でしょう？」

「超長距離通信用マジックアイテムは便利なので、皆が使えるようにした方がよくないですかって話をしてたんです。ロナさんはどう思いますか？」

「そうですか？　そんな便利な道具なら独占《どくせん》した方がいいと思いますけど……」

「あ、そういう考えもありますね」

ロナが訝《いぶか》しげに眉根《まゆね》を寄せて言うと、ウェスタはしょんぼりと俯いた。

「確かに皆が使えるようにした方がいいと思うが――」

「ですよね！」

「話は最後まで聞け」

ウェスタが身を乗り出して言い、ケインは手の平を向けた。胸が揺れて心臓に悪い。

「だが、実際には難しいんじゃねーかな？」

「どうしてですか？」

「人間は得体の知れないものを簡単に受け入れられねーんだよ。たとえばクロノ様の領地でやってる農業改革だ。知ってるか、農業改革？」

「小耳に挟《はさ》んだことはあるような……」

「私は一週間前に買われたばかりですので」

ウェスタは小首を傾《かし》げ、ロナは首を横に振《ふ》った。

「ざっくり言うと休耕地でクローバーを育てて地力の回復を促進《そくしん》するって話なんだが、この方法は殆《ほとん》ど普及《ふきゅう》してねーんだ。どうしてだと思う？」

「分かりません」

「それは……。失敗したくないからでは？」

ウェスタは即答《そくとう》し、ロナは考《かんが》え込《こ》むような素振《そぶ》りを見せた後で答えた。

「ロナが言った通りだ。黄土《おうど》神殿《しんでん》の神官《しんかん》様は自分で確かめたって言ってたが、それだけじゃ誰《だれ》も志願しなかった。クロノ様が失敗した時は税を免除《めんじょ》するって約束して初めて志願してくれたんだ。それくらい新しいことをやるのは難しいってことだな」

はー、とウェスタとロナは感心したように声を上げた。

「なら超長距離通信用マジックアイテムを使ったら税を安くするのはどうでしょう？」

「農業改革の場合は損失に対する補償《ほしょう》なので、この場合は止めた方がいいのでは？」

ウェスタが思い付いたように言い、ロナがすかさず異議を唱えた。ウェスタが拗《す》ねたように唇《くちびる》を尖《とが》らせ、ケインは笑った。

「まあ、どうしても超長距離通信用マジックアイテムを使わせたいってんなら減税は〝ありがとう〟なアイディアだよ」

「ありがとうございます」

ウェスタは嬉《うれ》しそうに言った。ただ、とケインは続ける。

「問題はそこまでして使わせたいかって所だな」

「クロノ様はどうするつもりなんでしょう？」

「さて、な」

「ケイン様にも分からないんですね」

ウェスタの問いかけにケインは軽く肩を竦《すく》めて答えた。すると、ロナがぽつりと呟いた。ちょっとだけ残念そうな口調だ。

「それなりに付き合いは長いが、以心伝心って訳にはいかねーよ」

「とても仲がいいように見えますが……」

「はは、ありがとうな」

　ケインは破顔し、表情を引き締《し》めた。ウェスタとロナが背筋を伸ばす。

「あくまで俺の感覚だが、クロノ様にも皆が超長距離通信用マジックアイテムを使えるようにしたいって気持ちはあると思う」

「それは何故《なぜ》でしょう？　独占した方がいいと思いますが……」

「理由はいくつか思い付くんだが、金の問題がでかい。要は使用料を取りたいってことだな。作るのに金が掛《か》かってるし、メンテナンスもしなきゃならねーからな」

「分かります」

　ロナの質問に答える。すると、彼女は神妙《しんみょう》な面持《おもも》ちで頷いた。父親の遺した借金のせいで奴隷に転落しただけあって実感が籠《こ》もっている。ウェスタが小首を傾げる。

「他にはどんな理由があるんでしょう？」

「あとは商業の活性化《かっせいか》って所か。素早《すばや》く連絡を取り合えりゃ商機を逃《のが》さずに済むだろ？」

「確かにそうですね」

　ウェスタは深く考える素振りを見せずに頷いた。他に理由を挙げるとすれば影響力《えいきょうりょく》を強めるためか。超長距離通信用マジックアイテムが商売に欠かせないものとなれば商人達はクロノを無視できなくなる。自分達で作ろうにも領主の許可がなければ作れないのもポイントだ。ロナは独占した方がいいと言ったが、皆に使わせようと使わせまいとクロノの独占事業であることに変わりはないのだ。もっとも、これはケインの想像でしかないので口にはしないが——。

「ケイン様、どうかしたんですか？」

「ああ、いや、何でもねーよ」

ウェスタが不思議そうに首を傾げ、ケインは首を横に振った。そういや、と続ける。

「今日は元気なんだな？」

「え？　それは……」

ウェスタは恥《は》ずかしそうに俯いた。

「その、あまりお屋敷《やしき》の外に出ることがなかったので興奮してしまって……」

「エレナと遊びに行ったりしなかったのか？」

「エレナちゃんはあまり外に出たがらないから。かと言って一人で外に出るのはちょっと怖いですし……」

ウェスタは肩を窄《すぼ》めて言った。

「ロナはどうだ？」

「私も出ていません」

「やっぱり、外に出るのは怖いか？」

「いえ、単に外に出る用事がなかっただけで特に怖いという訳では」

ロナは淡々《たんたん》と答えた。

「二人ともよろしく頼むぜ」

「はい……」

「分かりました」

ケインの言葉にウェスタとロナは頷いた。

※

ケインが箱馬車の窓から外の景色を眺めていると、建物が忽然《こつぜん》と姿を現した。シルバートンに辿り着いたのだ。ややあって――。

「うわー！　ロナさん、港ですよ、港ッ！」

「はぁ、そうですね」

ウェスタがはしゃいだ声を上げ、ロナが溜息《ためいき》交じりに応じる。ずっとこの調子なので気持ちは分かる。それでも、律儀《りちぎ》に応じるのがロナのいい所だ。ケインは二人の遣《や》り取《と》りに耳を傾《かたむ》けながらシルバートンの街並みを眺める。ミノタウロスの集落とリザードマンの宿《しゅく》泊施設《はくしせつ》はなくなり、その跡地《あとち》には帝国《ていこく》有数の大商会――その支店が軒《のき》を連ねる。シナー貿易組合の前を通り過ぎ、しばらくして――。

「きゃッ！」

箱馬車が大きく揺れ、ウェスタが可愛《かわい》らしい悲鳴を上げた。

「こっちはまだ道が悪いから座ってろ」

「は、はい……」

ケインが着席を促《うなが》すと、ウェスタは恥ずかしそうに席に着いた。再び窓の外に視線を向ける。直後、街並みが途切《とぎ》れ、荒《あ》れ地《ち》が姿を現した。ロナがぽつりと呟《つぶや》く。

「舞台《ぶたい》の書き割りみたいですね」

「港が完成してまだ八ヶ月経《た》ってないからな。厚みがないのはご愛敬《あいきょう》って所だな」

ケインが冗談めかして言うと、ロナはくすっと笑った。再び箱馬車が揺れる。代官所が近いのだろう。箱馬車は徐々《じょじょ》にスピードを落とし、やがて止まった。ウェスタがいそいそと箱馬車から降り、ケインとロナもその後に続いた。

「ここが代官所！」

ウェスタは感極《かんきわ》まったように言うと建物を見上げた。周囲を高い塀《へい》に囲まれた二階建ての建物だ。シンプルな外観で倉庫のようにも見える。

「いや、そっちじゃねーよ」

え⁉　とウェスタが振り返る。

「そっちの建物は傭兵ギルドの支部兼《けん》宿舎だ」

「じゃあ、代官所は？」

「隣の建物だ」

ケインは隣にある建物を指差した。ウェスタはケインが指差した方向を見ながら体を傾ける。そして、あッと声を上げた。塀の陰《かげ》に別の建物——代官所があることに気付いたのだろう。ウェスタがこちらを見る。

「どうして、代官所の前で止めなかったんですか」

「代官所の前に人がいたみたいだな」

ウェスタが恨《うら》めしそうに言い、ケインは箱馬車の前方に視線を向けた。代官所の門の前には男が立っていた。建築家のシルバだ。腕《うで》を組み、肩幅《かたはば》に足を開いている。シルバはくわッと目を見開き、地面を蹴《け》った。ダッシュで距離《きょり》を詰《つ》めてくる。身の危険を感じたのだろう。ウェスタがロナの陰に隠《かく》れる。ケインが舌を巻くほどの早業《はやわざ》だが——。

「私を盾《たて》にしないで下さいッ！」

盾にされた方は堪《たま》ったものではない。ロナが悲鳴じみた声を上げる。もちろん、その間にもシルバは距離を詰めている。ケインの目の前で急停止して叫《さけ》ぶ。

「ようやく来たか！　待ってたんだぞッ！　来て、そして見てくれ。俺の暫定最高傑作《ざんていけっさく》を」

「分かったから少し落ち着け」

シルバが爛々《らんらん》と目を輝《かがや》かせながら言い、ケインは彼《かれ》を落ち着かせようと声を掛けた。

「俺は落ち着いている。とてもクールだ。行くぞ！」

「……何処が落ち着いてるんだよ」

シルバが駆《か》け出し、ケインはぼやきながら後に続いた。シルバが代官所の前で立ち止まり、こちらに向き直る。

「見ろ！　俺の暫定最高傑作をッ！」

「……」

騎兵隊長をやってた頃に何度も見てるよという言葉を呑み込んでケインは代官所を見た。

代官所は高い塀に囲まれている。門を入ってすぐの所は前庭になっていて、その奥《おく》にレンガで作られた三階建ての建物が、その隣には同じくレンガで作られた二階建ての建物がある。三階建ての建物が代官所で、二階建ての建物がケイン達《たち》の宿舎だ。宿舎は騎兵隊の拠《きょ》点《てん》を兼《か》ねていて、かなり広く造られている。敷地内《しきちない》には他に東屋《あずまや》と厩舎《きゅうしゃ》がある。ちなみに以前あった炊事場《すいじば》は取り壊《こわ》されてしまった。

「どうだ⁉　俺の暫定最高傑作はッ？」

「今見てる所だよ」

代官所を見上げる。すると、代官所の扉《とびら》が開いた。扉を開けたのはフェイだ。彼女《かのじょ》は早足で近づいてきて、ケインの前で立ち止まった。

「ケイン殿、お待ちしてたであります！」

「よう、フェイ。休憩《きゅうけい》中か？」

「フェイでありますか、そうでありますか」

フェイがしょんぼりした様子で言い、ケインは言わんとしていることを理解した。

「フェイ騎兵隊長、休憩か？」

「嫌《いや》だな～であります。フェイ騎兵隊長だなんて照れるでありますよ」

ケインが言い直すと、フェイは相好を崩《くず》した。

「お前さん、どうして代官所から出てきたんだ？」

「休憩中だったからでありますよ」

シルバが問いかけると、フェイは当然のように言い放った。

「休憩なら宿舎の食堂か東屋でできるだろ？　俺が聞いているのはどうして代官所にいたかなんだが……」

「三階の執務室《しつむしつ》にいたのであります」

「なんでだ？」

「イスに座《すわ》って代官気分を味わっていたからであります！」

「「……」」

フェイが鼻息も荒《あら》く言い放つが、ケインとシルバは何も言えなかった。というか、何と言えばいいのか分からなかった。

「ところで、二人はどうしてこんな所で突っ立っているのでありますか？」

「俺の暫定最高傑作を見てもらおうと思ったんだよ」

「むぅ、暫定最高傑作でありますか」

「俺の暫定最高傑作に文句があるのか？」

「そ、そんなことないであります！」

シルバがムッとしたように言い、フェイは両手を振って否定した。

「だったら、どうして『暫定最高傑作でありますか』なんて言ったんだ？」

「シルバさんがシナー貿易組合みたいな建物を建てたいって言ってたからであります」

「それは……」

シルバが口籠《くちご》もり、フェイは代官所に向き直った。

「でも、最高傑作と呼んでもらえてよかったであります。たとえ建物でも生みの親に祝福されないのは可哀想でありますからね」

「……そうだな」

フェイの言葉にシルバは間を置いて頷いた。

「ああ、そういえばクロノ様から連絡があったでありますよ」

「分かった。すぐに連絡する。っと、荷物は——」

「荷物ならこっちでやっておくであります」

「助かる」

ケインはフェイに礼を言って、代官所に向かった。ややあって——。

「サッブさ〜ん！　荷物の搬入《はんにゅう》をお願いするでありますッ！」

「結局丸投げかよ」

背後からフェイの声が響《ひび》き、ケインは苦笑《くしょう》した。

※

ケインはイスに座ると視線を巡《めぐ》らせた。執務室には地味ながらもしっかりした作りの机とイス、空の本棚《ほんだな》が据《す》え付けられている。殺風景を通り越《こ》して寒々しささえ感じさせる光景だが、不思議な高揚感《こうようかん》があった。農村出身の、それも一時は盗賊《とうぞく》にまで身を窶《やつ》した自分がここまで来た。いや、ここまで来たというのは正しくないか。代官になることなど望んでいなかったのだから。ふと家族のことを思い出し、小さく頭を振る。感傷的な気分になっている場合じゃない。クロノに連絡をしなければ。

机の上を見るが、何もない。そこで机の引き出しを開ける。すると、透明《とうめい》な球体——超長距離通信用マジックアイテムの端末《たんまつ》が姿を現した。慎重《しんちょう》に超長距離通信用マジックアイテムの端末を取り出して机の上に置く。

「クロノ様、聞こえるか？」

『うん、聞こえてるよ』

超長距離通信用マジックアイテムの端末に呼びかけると、すぐに返事があった。

『無事に着いたみたいだね』

「お陰様《かげさま》でな。そういや、フェイにクロノ様から連絡があったって聞いたんだが？」

『大した用事じゃないよ。無事に着いたのか確認《かくにん》したかっただけだから』

「俺《おれ》からの連絡を待てよ」

『そうなんだけどさ。折角《せっかく》だし、使ってみたくて』

ケインが思わず突っ込むと、クロノは照れ臭《くさ》そうに言った。

『忙《いそが》しいなら切るけど？』

「荷物の搬入はフェイ達に任せたし、少しなら付き合うぜ」

切るって何だ？　とケインは内心首を傾げながら答えた。

『気持ちはありがたいんだけど、楽しんでもらえるような話題が――』

「誰も面白トークをして欲しいなんて言ってねーよ」

クロノが呻《うめ》くように言い、ケインはすかさず突っ込んだ。

「つか、話題なんていくらでもあるだろ？」

『たとえば？』

「たとえばメイドが誰なのかとか」

『言ってなかったっけ？』

「大体、予想は付いてるが、正式に紹介《しょうかい》は受けてねーな」

『そうだっけ？』

クロノはとぼけたように言った。

『じゃあ、改めて……。まず年齢《ねんれい》は二十代半ば未婚《みこん》です』

「二十代半ば未婚か」

クロノが静かに切り出し、ケインは居住まいを正した。

『背は高めで、胸は大きめです』

ふむふむ、とケインは頷いた。大体、予想は付いていると言ったが、勿体つけるように言われると期待感が高まる。

『髪《かみ》は栗色《くりいろ》、つぶらな瞳《ひとみ》の――』

「つぶらな瞳の？」

『ミノタウロスです』

「アリアじゃねーか！」

予想通りの人物だったが、ケインは突っ込まずにはいられなかった。

『アリアじゃご不満ですか？』

「いや、不満じゃねーけどよ」

『じゃあ、誰がお好み？　黒目がちでクールなリザードマンのリザ子さん？　愛らしくて人懐《ひとなつ》っこい虎《とら》の獣人《じゅうじん》のタイ子さん？』

「聞いたことのない名前なんだが⁉」

『嫌だな。リザ子さんもタイ子さんもうちにいるじゃない』

「本当にいるのか？」

『まあ、嘘《うそ》なんですけどね』

「嘘じゃねーか！」

ケインは大声で叫んだ。

『アリアがメイドなのは本当だよ』

「そこは疑ってねーが」

『食堂を開くのが夢って聞いたから及《およ》ばずながら力を貸そうと思って』

ケインの言葉を聞いているのかいないのか、クロノはしみじみとした口調で言った。

『話は変わるんだけど、エレインさん達とは合流できた？』

「いや、まだだ」

『い、嫌な予感がする』

「おいおい、止めろよ。噂《うわさ》をすればって――」

言うだろ？　とケインは言い切ることができなかった。フェイが扉を開けたのだ。

「ケイン殿《どの》！　敵襲《てきしゅう》でありますッ！」

『敵襲!?』

フェイが大声で叫び、クロノが素《す》っ頓狂《とんきょう》な声を上げた。

「フェイ、ちゃんと報告してくれ」

「シルバートンの商人が押し寄せているであります！　ウェスタ殿とロナ殿が応戦中でありますが、突破《とっぱ》は時間の問題でありますッ！　ご決断をであります！」

「何の決断だ？」

「却下《きゃっか》だ」

「もちろん、商人達を蹴散《けち》らす決断でありますよ」

「却下でありますか、そうでありますか」

フェイが残念そうに言い、ケインは立ち上がった。

「そういう訳だから席を外す」

『分かった。じゃあ、頑張って』

クロノの声援《せいえん》を受け、ケインは執務室を後にした。

※

「ちゃんと一列に並んで下さい！」

「いつまで待ってりゃいいんだ⁉」

「早く代官に会わせてくれ！」

「店を空けて来てるんだぞ！」

「おい！　お前、割《わ》り込むなッ！」

「お前こそ割り込むんじゃねぇッ！」

ケインが代官所から出ると、そこは戦場だった。ロナが誘導《ゆうどう》しようとしているが、門の外にいる商人達は指示に従おうとしない。それどころか、隙《すき》を突いて押し通ろうとする有様だ。サッブ達がいなければ突破されていただろう。フェイが敵襲と言う訳だ。ふとウェスタがいないことに気付く。視線を巡らせる。すると、ウェスタが植木の陰で泣きべそをかいていた。

「ウェスタ、大丈夫《だいじょうぶ》か？」

「大丈夫じゃありません～」

声を掛ける。すると、ウェスタは情けない声で言った。これでは商人を捌《さば》くことなどできない。仕方がない。番号札を渡《わた》して仕切り直そう。この場で捌くのがベストだが、時間差で捌いても問題ない。結果は同じだ。

番号札を取りに戻《もど》ろうとして動きを止める。商人達の背後に箱馬車が止まったのだ。露《ろ》出度《しゅつど》の高いドレスを着たエレインが箱馬車から降り、二人の女性——メアリーとケイトがその後に続く。ケインは内心胸を撫で下ろした。メアリーとケイトはエレインに紹介された代官所の受付だ。二人がいれば乗り切れる。エレインが最後尾《さいこうび》にいる男の肩《かた》に触《ふ》れる。

男は驚《おどろ》いたように振り返り――。

「エレイン・シナー……」

ぽつりと呟いた。喧噪《けんそう》がぴたりと収まり、商人達が一斉《いっせい》に振り返る。エレインは腰《こし》に手を当て、小首を傾げた。ぞくっとするほど色っぽい所作だ。

「通して下さらない？」

エレインが声を掛けると、商人達が左右に分かれた。俄《にわか》には信じられない光景だ。ともすれば彼女が商人達を動員したのではないかという疑念が湧《わ》き上がる。だが、商人達を見て、そんな疑念は霧散《むさん》した。誰もエレインと目を合わせようとしない。不興を買うことを恐《おそ》れているのだ。エレインは悠然《ゆうぜん》と進み、サッブ達の前で立ち止まった。

「ケイン代官に会いに来たのだけど……。いいかしら？」

「お頭《かしら》？」

サッブが肩越《かたご》しにこちらを見る。

「ああ、入ってもらえ」

「……どうぞ」

「ありがとう」

サッブが道を譲《ゆず》り、エレイン、メアリー、ケイトの三人がケインの前にやって来る。

「大人気ね。何か手伝えることはないかしら？」

「お前が現地集合に拘《こだわ》らなけりゃこんなことにはならなかったんだが？」

「ごめんなさい。まさか、こんなことになるとは思わなくて」

ケインが嫌みを言うと、エレインは謝罪の言葉を口にした。もっとも、申し訳ないという気持ちは全く伝わってこなかったが。

「で、どうすればいいの？」

「俺が応接室で応対するから順番待ちさせてくれ」

「聞いてたわね？」

「「はい、ケイン様」」

メアリーとケイトはケインに一礼すると踵《きびす》を返して歩き出した。

「いい部下だな？」

「ええ、助かるわ」

エレインが溜息を吐《つ》くように言い、ケインは彼女に背を向けた。もちろん、応接室で商人を待つためだ。扉の前で足を止める。フェイが植木の陰からエレインを見ていたのだ。

「何をやってるんだ？」

「エレイン殿の監視《かんし》であります」

「だったら、もっと近くで監視したらどうだ？」

「以前、接待を受けたので近くで監視するのはちょっと申し訳ないであります」

「そうか」

ケインは溜息交じりに言ってその場を後にした。

※

ケインは代官所の一階にある応接室に入るとソファーに腰を下ろした。息を吐く間もなく扉を叩《たた》く音が響く。

「入れ！」

「……失礼いたします」

声を張り上げると、男が入ってきた。仕立てのよい服を着た男だ。人の好さそうな容貌《ようぼう》だが、腹に一物抱《かか》えているような油断ならない雰囲気《ふんいき》がある。

「座っていいぜ」

「ありがたく存じます」

男は礼を言って、対面の席に座った。ケインは男を見つめ、首を傾げる。代官所に押《お》しかけた商人の中に彼もいたはずだが、印象に残っていないのだ。

「どうかしましたか？」

「代官所に押しかけた商人の中にいたか気になってな」

「もちろんいましたよ。まあ、皆さんの剣幕《けんまく》に圧《お》されて縮こまっていましたが……」

男は困ったように笑い、居住まいを正した。

「申《もう》し遅《おく》れました。私はベイリー商会のエドワードと申します」

「俺は代官のケインだ」

「存じております」

「そうだろうな」

「ご挨拶《あいさつ》の品をと思ったのですが、急なことでしたので……」

「構わねーよ。それに、挨拶の品なんて持ってこられたら俺が困る」

「そう仰《おつしや》って頂けると助かります」

男――エドワードはやはり困ったように言った。

「それで、ベイリー商会ってのはどういう商会なんだ？」

「はい、我《わ》がベイリー商会は――」

ケインが話を振ると、エドワードはベイリー商会について説明を始めた。流石《さすが》は商人というべきか、話が上手《うま》く、引きつけられる。不意に声のトーンが低くなり、エドワードが身を乗り出す。

「我が商会では傭兵業《ようへい》も行っているのですが……」

「ふ～ん、意外だな」

「こんな時代ですからね」

ケインが相槌《あいづち》を打つと、エドワードは体を起こして肩を竦めた。そういえば、と続ける。

「シルバートンに傭兵ギルドが拠点を置くと聞きましたが？」

「事実だ。お前が言った通り、『こんな時代』だからな」

「それについてですが……。我々にも参入の余地はあるのでしょうか？」

エドワードがおずおずと切り出す。なるほど、これが狙《ねら》いか。クロノはシフを街の有力者にしようと考えているが、まだ具体的なアクションを起こせていない。エドワードはシフが座るべきイスを掠《かす》め取ろうとしているのだ。

「どうでしょう？」

「構わねーよ」

「よろしいのですか？」

「よろしいも何もシルバートンではルールさえ守れば誰でも商売ができるんだぜ？　それなのに傭兵だけ例外なんてありえねーだろ？」

「確かに……」

エドワードは神妙な面持ちで頷《うなず》いた。だが、内心では言質《げんち》を取れたとほくそ笑《え》んでいるに違《ちが》いない。正直、面白《おもしろ》くない。それに、ベイリー商会が雇《やと》っている傭兵の質にも疑問がある。だが、個人的感情やまだ見てもいないベイリー商会の傭兵を理由に新規参入を拒《こば》むことはできない。代官の辛《つら》い所だ。とはいえ、牽制《けんせい》はしておくべきだろう。ケインはずいっと身を乗り出す。

「だが、傭兵業をやる以上、きちんと責任を取ってもらうぜ？」

「責任と仰いますと？」

「おいおい、傭兵が——自分の所の商会員が揉《も》め事《ごと》を起こした時に何もしねー気か？」

「いえ、そのようなことは……」

「だろ？　傭兵業をやるんならきちんと監督《かんとく》責任を果たしてくれねーと困る。自分のせいで自治に大幅《おおはば》な制限を課せられるのは嫌だろ？」

「もちろんです」

ケインの言葉にエドワードは頷いた。もっとも、本心かは分からない。それでも、牽制にはなったはずだ。

「他に聞きたいことは？」

「特にございません」

そう言って、エドワードはソファーから立ち上がった。

「もういいのか？」

「はい、代官殿を独《ひと》り占《じ》めするのも申し訳ないですし」

「そうか。気を付けて帰れよ」

はい、とエドワードは頷き、応接室を出て行った。ケインはソファーの背もたれに寄り掛かり、溜息を吐いた。一人目の面談を終えたばかりなのにとんでもない疲《ひ》労《ろう》感《かん》だ。それにしても――。

「ありゃ、大人しく引くタマじゃねーな」

エドワードのことを思い出しながら呟く。シフが座るべきイスを掠め取ろうとあれやこれやと策を弄《ろう》すタイプだ。とりあえずクロノ様に報告しねーとと考えたその時、トントンという音が響いた。もう二人目が来たのだ。ケインは体を起こし――。

「入れ！」

声を張り上げた。

※

夕方――。

「――では、私はこれで失礼いたします」

「あまり時間を割《さ》いてやれなくて悪かったな」

「いえ、とんでもございません」

そう言って、商人はソファーから立ち上がった。ぺこりと頭を下げ、応接室から出て行く。ケインは息を吐き出し、ソファーに寄り掛かった。ガチャという音が響く。体を起こして扉の方を見ると、エレインが入ってくる所だった。堂々とこちらにやって来て、対面の席に座る。

「お疲《つか》れ様《さま》」

「商人達は？」

「もういないわ」

「そうか。マジで疲れたぜ」

ケインは再びソファーに寄り掛かった。流石にエドワードみたいな相手はいなかったが、判を押したように『××商会の者で、●●と申します。私どもは▲▲を扱《あつか》っておりまして――』という挨拶を繰《く》り返されると参ってしまう。エレインがくすっと笑う。

「俺がぐったりしてるのがそんなに楽しいか？」

「ぐったり？　嬉しいの間違《まちが》いでしょ」

「嬉しい？」

「ええ、やりたいことをやっているって顔だわ」

ケインが鸚鵡《おうむ》返《がえ》しに呟くと、エレインは面白がっているかのような口調で言った。代官をやりたいと考えたことはない。そう言いたかったが、できなかった。もっとまともなヤツが領主だったら自分の家族は死ななかったのにと何度も考えたからだ。幸運にも自分はまともなことができる地位にいる。それは代償《だいしょう》行為《こうい》に過ぎないのだろうが――。

「そうだな。クロノ様に感謝しねーとな」

「そうね」

エレインは相槌を打ち、ふふと笑った。

※

『――今日あったことはこんな感じだな』

「お疲れ様、ケイン。今日はゆっくり休んで」

『ああ、また連絡《れんらく》する』

クロノが労《ねぎら》いの言葉を掛けると、ガタガタという音が響いた。ケインが超長距離通信用《ちょうちょうきょりつうしんよう》マジックアイテムの端末を引き出しにしまっているのだろう。クロノは厚手の布を超長距離通信用マジックアイテムの端末に掛け、イスの背もたれに寄り掛かった。

ベイリー商会か、と呟く。南辺境で部隊運営に疎《うと》いガウルを騙《だま》し、開拓期《かいたく》に作物を安く買い叩いた件で今なおマイラから憎悪《ぞうお》を浴び続ける商会だ。昔からずっと同じことをしているので、そういう〝社風〟なのだろう。正直、よくもまあそれで商売が成り立つものだと感心してしまう。まあ、そのお陰で警戒《けいかい》できる訳だが――。

「警戒できるだけで何かができるって訳じゃないんだよね」

クロノは頭を抱え、うごうごと呻いた。どうすればと考えたその時、扉を叩く音が響いた。大きすぎず小さすぎず絶妙《ぜつみょう》の力加減だ。この叩き方はアリッサに違いない。

「どうぞ！」

「……失礼いたします」

声を張り上げると、予想通りというべきかアリッサが扉を開けた。ティーセットの載《の》ったトレイを持っている。

「旦那様《だんなさま》、香茶は如何《いかが》ですか？」

「うん、お願い」

「承知いたしました」

アリッサはしずしずと歩み寄り、机の上にトレイを置いた。洗練された所作で香茶を注ぐ。淹《い》れ方《かた》にコツでもあるのだろうか。芳醇《ほうじゅん》な香《かお》りが広がる。アリッサがティーカップをクロノの前に置く。

「どうぞ」

「ありがとう」

クロノは礼を言ってティーカップを手に取った。芳醇な香りを愉《たの》しみながらティーカップを口に運ぶ。一口飲むと、先程《さきほど》までうごうごと呻いていたのが嘘のように気分が和《やわ》らいだ。同時に解決策を思い付く。といっても大したものではない。ハシェル・シルバートン間の見回りを強化し、シフと情報を共有する程度のことだ。情報共有はシフさんがシルバートンに来てからだけど、とクロノは窓の外に視線を向けた。

第三章『傭兵ギルド』

帝国暦《ていこくれき》四三二一年三月末早朝――夢を見ている。故郷を追われ、放浪《ほうろう》の末に妹を失った時の夢だ。あの時、ケインは妹の手を握《にぎ》り締《し》めて励《はげ》ましの言葉を掛《か》けることしかできなかった。それなのに何てことだろう。妹に掛けた言葉を覚えていない。励ましの言葉を掛けることしかできなかったのならせめてそれを覚えておくべきだ。にもかかわらず、妹に掛けた言葉はおろか、祈《いの》りの言葉さえ覚えていない。それでも、妹が死んだ瞬間《しゅんかん》のことは覚えている。ふっと手が軽くなったあの瞬間を。その後に抱《いだ》いた感情を。この夢が罰《ばつ》だというのならこれほど自分に相応《ふさわ》しい罰はないだろう。夢は妹の死と共に終わり、ケインはゆっくりと目を開いた。

目を開けると、代官所の宿舎だった。長い、長い溜息を吐き、天井《てんじょう》に手を翳《かざ》す。見慣れた自分の手だ。夢の中ほど、いや、止めよう。そんなことを考えても意味がない。体を起こし、小さく頭を振《ふ》る。どうして、あんな夢を見たのだろう。傭兵ギルドの受け入れでナーバスになっていたのだろうか。

考えても仕方がねーか、とケインはベッドから下りた。

※

昼――ケインは桟橋《さんばし》の袂《たもと》に立ち、港に停泊《ていはく》する船を見つめた。ずんぐりとした形状の帆《はん》船《せん》だ。その甲板《かんぱん》には大勢の男が立っている。奴隷《どれい》ではない。シフに選出されたベテル山脈の傭兵達《ようへいたち》だ。ベテル山脈の傭兵は決して依頼主《いらいぬし》を裏切らないことで知られているが、百人の傭兵を受け入れるとなると警戒心《けいかいしん》が先に立つ。息苦しさを覚え、首に巻いたスカーフに指を掛ける。すると――。

「緊張《きんちよう》してるの？」

隣《となり》にいたエレインが声を掛けてきた。四月が間近に迫《せま》り、過ごしやすい日が増えているとはいえ海風はまだ冷たい。にもかかわらず彼女は露出度の高いドレスを着ている。ケインはスカーフから指を離《はな》した。

「凄腕《すごうで》の傭兵を百人も受け入れるんだ。緊張くらいするさ」

「そんなに緊張しなくても大丈夫よ。彼らは自分達が隣人《りんじん》に相応しいか試《ため》されていると知ってるわ。よほどの馬鹿《ばか》じゃない限り問題は起こさないはずよ」

「理屈《りくつ》じゃ分かってるんだがな」

ケインは頭を掻いた。それにしても、と視線を巡らせる。シルバ港には大勢の人間が押しかけている。荷下ろしに支障を来すほどの人数だ。

「野次馬《やじうま》連中はどうにかならねーのか？」

「皆《みんな》、シルバートンの代官を見に来たのよ」

「そうか？」

ケインは再び視線を巡らせた。シルバ港に押しかけた人々の大半は傭兵達が乗った船を見ている。残りは鼻の下を伸《の》ばしてエレインを見ている。ケインを見ている人間などいないのではないだろうか。

「お前が普通《ふつう》の服を着りゃ——」

「嫌よ」

エレインはケインの言葉を遮《さえぎ》って言った。

「何でだ？」

「見てもらいたいからよ。そうでなきゃ、誰《だれ》がこんな格好するもんですか」

「それで俺の隣にいるのか」

「そうよ。為政者《いせいしゃ》と懇意《こんい》にしているという風評は商売の役に立つわ」

「俺は代官だぞ。しかも、就任したばかりの」

「それでも、ないよりはマシでしょ？」

「そこまで徹底《てってい》されるといっそ清々《すがすが》しいな」

溜息《ためいき》交じりに言った次の瞬間、野次馬がどよめいた。反射的に船を見る。すると、シフが桟橋に降り立つ所だった。シフが足を踏《ふ》み出し、傭兵達がその後に続く。港が静寂《せいじゃく》に包まれる。息が詰《つ》まるような静寂だ。聞こえるのは波の音と足音だけ。そして、足音が響くたびに緊張が高まっていく。シフ達が足を止め、緊張が最高潮に達する。ここで下手を打てば野次馬が暴徒と化す。そう感じるほどの緊張感だが――。

ケインは笑った。よくもまあ、こんな連中を敵に回すような真似《まね》をしたものだと笑いが込《こ》み上げてきたのだ。不思議なもので自分が笑えると理解すると、緊張が嘘のように解けた。それが伝わったのか、野次馬の緊張も解けていく。

「遠路遥々《はるばる》、ご苦労さん。船旅は楽しかったか？」

「ああ、快適な船旅だった」

「それはそうよ。何と言ってもうちの船なんだから」

ケインの問いかけにシフが苦笑して答える。すると、エレインが胸を張って言った。ケインは停泊する船に視線を向けた。貨物船なので乗り心地《ごこち》がよさそうには見えないが、シフが快適な船旅と言っているので黙《だま》っておく。

「どうすればいい？」

「そうだった。手続きについて説明しないとな」

ケインは一歩後ろに下がり、手の平で背後にある長机を指し示した。ウェスタとロナが席に着き、メアリーとケイトがその傍らに立っている。

「まずあそこで名前を名乗ってもらう。ウェスタ——胸の大きな娘《こ》が名簿《めいぼ》を確認し、ロナが身分証を渡す感じだ」

「身分証？」

「要するに身分を保証するって書いた紙だな」

「どれくらい役に立つ？」

「四人の貴族——クロノ様とケイロン伯爵《はくしゃく》、サルドメリク子爵《ししゃく》、ハマル子爵の連名だから魔除《まよ》けの刺青《いれずみ》程度には役に立つんじゃねーか？」

「そうか。それは期待できそうだ」

シフは不敵に微笑《ほほえ》んだ。ところで、とロナに視線を向ける。

「ロナという娘は『屑拾《くず》い』か？」

「よく知ってるな」

「偶々《たまたま》、覚えていただけだ」

シフは素っ気なく言った。本当だろうか。『屑拾い』は二つ名というより蔑称《べっしょう》に近い。そんな傭兵を偶々覚えていたとは考えにくい。だが、問い質《ただ》そうとは思わなかった。そんなことをしても意味がないし、何よりあとが詰まっている。

「どうぞ、こちらに！」

「失礼する」

メアリーが手を上げて言い、シフは一礼して歩き出した。長机の前で立ち止まる。すると、ウェスタがおずおずと口を開いた。

「お、お名前は？」

「ユー族のシフだ」

「しょ、少々お待ちください」

ウェスタが名簿を捲《めく》って名前を探す。部族ごとに記載《きさい》されているので名前を探しやすいはずだが、焦《あせ》っているせいかなかなか見つけられないようだ。幸いにもというべきかシフは黙ってウェスタを見つめている。足に痛みが走る。視線を落とすと、子どもがケインの足を踏んでいた。黒髪《くろかみ》の子どもだ。体の線は細く、右目に小さな傷がある。慌《あわ》てた様子で髭面《ひげづら》の大男が駆《か》け寄る。

「クアント殿、何をやってるんですか？」

「わざとじゃない」

髭面の大男が窘《たしな》めるが、子ども――クアントは何処《どこ》吹《ふ》く風《かぜ》だ。

「それに、こいつは傭兵ギルドの面汚《つらよご》しだ。足を踏むくらいなんだってんだ」

「それはクアント殿が口を出す問題じゃありません。足を退《ど》けて下さい」

「嫌《いや》だ。どうしてもって言うんならこいつが自分でやればいい」

そう言って、クアントは足に力を込めた。エレインに視線を向ける。

「よほどの馬鹿がいたみたいだぜ？」

「……」

問いかけるが、エレインは答えない。私は無関係よと言わんばかりにそっぽを向いている。髭面の大男がクアントの肩を掴《つか》もうとするが、ケインは手で制した。

「俺がやる。大丈夫、手《て》荒《あら》な真似はしねーさ」

「……」

髭面の大男も無言だ。無言で視線を逸《そ》らす。見て見ぬふりをするということか。ケインはクアントの鼻先を掠めるように拳《こぶし》を振り上げた。殴《なぐ》るつもりはない。だが、そうと知らないクアントには効果絶大だった。バランスを崩《くず》して尻餅《しりもち》をつく。

「どうした？　船旅で足腰《あしこし》が弱ってるのか？」

「くそッ、よくもやったな！」

「何をしている」

クアントが立ち上がり、腰の短剣《たんけん》に手を伸ばす。だが、抜《ぬ》くことはできなかった。シフが戻ってきたのだ。

「身分証は受け取ったのか？」

「ああ、少し時間は掛かったが……」

シフは小さく微笑み、身分証がよく見えるように持ち上げた。クアントに視線を向ける。

「クアント、次はお前だ」

「でも――」

「行け」

クアントが口を開くが、シフは取り合わなかった。クアントはケインを睨《にら》み付けるとウエスタのもとに向かった。

「ベア、お前もだ」

「分かりました」

髭面の大男――ベアはシフの言葉に頷き、クアントの後を追った。

「クアントが何かしたか？」

「いや、大したことはされちゃいないさ」

「そうか。だが、何かあったら言ってくれ。こちらで処分する」

「そうならないように躾《しつ》けてくれ」

ああ、とシフは頷いた。

※

夕方――。

「はい、身分証です」

「ありがとうございます」

男はロナから身分証を受け取ると深々と頭を垂れ、港の一角に向かった。そこには整然と並ぶ傭兵達の姿がある。恐ろしく統率《とうそつ》が取れている。彼《かれ》らが敵に回ったらと考えるだけで心胆《しんたん》を寒からしめるものがある。ウェスタに視線を向ける。よほど疲れたのか、ぼんやりと名簿を眺《なが》めている。ロナが手の甲《こう》で二《に》の腕《うで》を叩き、ウェスタがハッとしたようにこちらを見る。終わったか？　とケインが口を動かすと、ウェスタはこくこくと頷いた。

「終わったみたいだな」

「そのようだな」

ケインが小さく呟《つぶや》くと、シフがウェスタ達《たち》に視線を向ける。視線の先ではウェスタ達が後片付けを始めていた。

「よければ後片付けを手伝うが？」

「いや――」

「後片付けはうちの仕事よ」

「そうか。では、我々はギルドで休むとしよう」

エレインがケインの言葉を遮って言うと、シフは傭兵達のもとに向かった。彼らの前で立ち止まり、ベアと言葉を交《か》わして再び歩き出す。傭兵達が後に続く。整列同様、見事な行進だ。いや、見事な示威行為《じいこうい》というべきか。ケインは小さく溜息を吐き、ウェスタ達に視線を向けた。どうやら後片付けは終わったようだ。ウェスタとロナが近づいてくる。立ち止まり、ロナが口を開く。

「ケイン様、後片付けが終わりました」

「ご苦労さん。代官所に戻っていいぞ」

「メアリーとケイトはどうしますか？」

「帰っていいって伝えてくれ」

「承知しました。では、お先に失礼します」

「失礼します」

ロナがぺこりと頭を下げ、ウェスタが後に続く。メアリーとケイトのもとに行き、言葉を交わして歩き出す。

「あとは長机を片付けるだけだな」

「分かってるわよ。マンダ！」

エレインがよく通る声で名前を呼ぶと、リザードマンが近づいてきた。赤みがかった鱗《うろこ》のリザードマンだ。海風対策かマントを羽織っている。リザードマン——マンダはエレインの前で立ち止まると舌を出し入れさせた。

「長机を倉庫にしまって頂戴《ちょうだい》」

「……承知」

そう言って、マンダは長机に歩み寄った。ひょいと長机を担《かつ》ぎ、倉庫に向かう。

「上手くやってるみたいだな」

「ええ、クロノ様に私の所で働かせて欲《ほ》しいと言われた時は戸惑《とまど》ったけど……」

ふふふ、とエレインは笑った。

「いい買い物をしたわ。頑丈《がんじょう》で力持ち、何より無口な所がいいわ」

「ちゃんと給料をやってるんだろうな？」

「失礼ね。ちゃんと衣食住含《ふく》めて面倒《めんどう》を見てるわよ」

エレインがムッとしたように言い、ケインは視線を巡《めぐ》らせた。夕方ということもあって港に人気《ひとけ》はない。ぽつり、ぽつりとリザードマンがいるくらいだ。皆、マントを羽織っている。仕事着ということもあって多少汚《よご》れているが、穴は開いてないし、リザードマンの体格もいい。衣食住含めて面倒を見てるという言葉に嘘《うそ》はなさそうだ。

「ともあれ、これで一段落だな」

「そうね。よかったら私の店で一杯《いっぱい》飲んでいかない？」

「悪《わり》ぃが、遠慮《えんりょ》する」

「どうして？　一段落したんでしょ？」

「クロノ様に報告しなきゃならねーんだよ」

「真面目《まじめ》ねぇ」

「性分《しょうぶん》でな」

エレインが呆《あき》れたように言い、ケインは肩を竦《すく》めた。もちろん、理由はそれだけではない。特定の商人を贔屓《ひいき》していると思われたくないからだ。

「私が贔屓されているのは事実なんだし、今更取り繕《いまさらとつくろ》わなくてもいいんじゃない？」

「俺《おれ》は真面目なんだよ」

「はいはい、じゃ暇《ひま》な時に飲みに来て頂戴」

「その時は安くて美味《うま》い酒を頼《たの》む」

「うちは高級店なんだけど……。いいわ、その時はサービスしてあげるわ」

「じゃあな」

「またね」

ケイン達は軽く挨拶を交わして別れた。

※

ケインが代官所に戻ると、メイド服を着たミノタウロスが庭の掃《は》き掃除《そうじ》をしていた。ミノの妹――アリアだ。ケインに気付いたらしく掃除の手を止める。

「ケイン様、お疲れ様です」

「アリアもお疲れさん」

「いえ、代官所の維持《いじ》管理は私の仕事ですから」

労いの言葉を掛けると、アリアは恥《は》ずかしそうに言った。

「ウェスタとロナは？」

「先程お戻《もど》りになりました。今頃《いまごろ》、お風呂《ふろ》に入っているのではないでしょうか？」

「風呂の準備までしてくれたのか」

「はい、海沿いは風が強いので。迷惑《めいわく》だったでしょうか？」

「いや、助かる」

「よかった。用意した甲斐《かい》がありました」

ケインの言葉にアリアは胸を撫《な》で下ろした。

「ケイン様はどうされますか？」

「クロノ様に報告した後でゆっくり入るよ」

「承知しました。じゃあ、お湯が冷めないように追い焚《だ》きしておきますね」

「よろしく頼む」

「はい、お任せ下さい」

アリアが力強く頷き、ケインは代官所に向かった。扉《とびら》を開けて中に入ると、そこは受付兼《けん》待合室だ。奥《おく》には応接室もある。階段を登って契約《けいやく》式を行う部屋がある二階へ、さらに階段を登って執務《しつむ》室《しつ》と保管庫がある三階へ。執務室に入ると、中の空気はひんやりしていた。イスに座《すわ》り、ぶるりと身を震《ふる》わせる。海風に曝《さら》され続けたせいだろうか。体が重く感じる。二人とも風邪《かぜ》を引かなけりゃいいが、と超長距離通信用マジックアイテムの端末《たんまつ》を取り出して机の上に置く。

「こちらケイン。クロノ様、応答してくれ」

『……こちらクロノ』

ケインが呼びかけると、少し間を置いてクロノから返事があった。

『只今《ただいま》仕事中です』

「連絡し直した方がいいか？」

『大丈夫《だいじょうぶ》だよ。それで、何の用？』

「シフ達の受け入れが終わってな。その報告だ」

『お疲れ様。特にトラブルはなかったよね？』

「ああ、問題なか……」

途中《とちゅう》まで言いかけて口を噤《つぐ》む。クアントに足を踏まれたことを思い出したのだ。

『何かあったの？』

「何かあったというか、傭兵の一人に足を踏まれてな。傭兵ギルドの面汚しみたいなことを言ってやがった」

『え～、まだそのネタ引っ張るの』

　クロノが不満そうな声を上げる。気持ちは分かる。少なくない金を払《はら》って示談に持ち込み、シフの言質も取った。それなのにまた話を蒸《む》し返されたのだ。クロノでなくとも不満に思うことだろう。

『シフさんに抗議《こうぎ》した方がいいかな?』

「あ～、抗議するのはもうちょい待ってくれ」

『大事にしたくないって気持ちは分かるけど、こっちにも面子《メンツ》があるし、これからのことを考えると……』

「分かってる。けど、そいつはまだ子どもなんだ。大事にしたくない」

『……』

　クロノは押し黙った。だが、何を考えているかは分かる。シフを街の有力者とするには兎《と》にも角《かく》にも瑕疵《かし》がないことが求められる。付け入られる隙《すき》があってはマズいのだ。

「クロノ様……」

『分かった。この件はケインに任せるよ』

「ありがとよ」

　クロノが溜息を吐《つ》くように言い、ケインは感謝の言葉を口にした。

『でも、初めて会った相手に入れ込みすぎじゃない？』

「俺もそう思う。けど、シフが処分する云々《うんぬん》って不穏《ふおん》なことを言っててよ。いくら何でも子どもが始末されるのはな」

『……死なないでよ？』

「死なねーよ！」

クロノがやや間を置いて言い、ケインはムッとして返した。沈黙《ちんもく》が舞《ま》い降《お》りる。やや気まずい沈黙だ。話を変えた方がいいと思ったのか。そういえば、とクロノが切り出す。

『ウェスタとロナはどう？』

「まだ本格的に仕事が始まってねーから何とも言えない部分があるんだが、まあ大丈夫なんじゃねーかな？」

『アリアはどう？』

「よく気が利《き》くいい娘だぜ」

『そう、よかった』

クロノはホッと息を吐いた。

『他に報告はない？』

「特にねーな」

『分かった。じゃ、切るよ？』

「ああ、まだまだ寒《さみ》ぃから風邪を引くなよ」

『ケインもね』

切るってのは会話を終わらせるって意味なんだろうな、と思いながらケインは超長距離通信用マジックアイテムの端末を引き出しに戻した。

※

夜――。

「ふぃ～、いい湯だった～」

ケインがタオルで頭を拭《ふ》きながら食堂に入ると、ウェスタとロナはすでに席に着いていた。タオルを首に掛け、空いているイスに座る。しばらくして――。

「お待たせしました」

アリアがトレイを持って食堂に入ってきた。トレイをテーブルの上に置き、料理を並べていく。パン、サラダ、スープ、白身魚のムニエルというメニューだ。海が近いこともあって料理には海産物がふんだんに使われている。料理を並べ終え、アリアが席に着く。

「いただきます」

「「「いただきます」」」

ケインが手を組んで言うと、ウェスタ、ロナ、アリアの三人が続いた。スプーンを手に取り、スープを口に運ぶ。すると、アリアがこちらを見た。

「どうでしょう？」

「ああ、美味いよ」

「よかった」

ケインが正直な感想を口にすると、アリアは嬉《うれ》しそうに笑った。ロナが食事の手を止め、こちらに視線を向ける。

「ケイン様、クロノ様とはどんな話を？」

「いつも通り、今日はこんなことをした、あんなことをしたみたいな話だな。そういや、クロノ様が三人を心配してたぜ。三人とも上手《うま》くやってるって答えておいたが、ウェスタはどうだ？　上手くやれそうか？」

「どうでしょう？　今日の方々は礼儀《れいぎ》正《ただ》しい人ばかりだったので……」

「大丈夫だと思いますよ」

ウェスタが口籠《くちご》もり、ロナが優《やさ》しく声を掛ける。

「本当ですか？」

「ええ、ちゃんと仕事はできていましたし、いざという時はケイン様を頼《たよ》りましょう」

「そこは『私に任せて下さい』じゃねーの？」

「私も自信がないので……」

ケインが突《つ》っ込むと、ロナはちょっとだけ気まずそうに視線を逸らした。

「俺も自信がないんだが……。まあ、いざという時は任せてくれ」

「はい、その時はお願いします」

「頼りにしてます」

ウェスタとロナが嬉しそうに言い、ケインは苦笑《くしょう》した。

「それにしても超長距離通信用マジックアイテムってすごいんですね。遠く離れたハシェルと簡単に連絡が取れちゃうんですから」

「確かにすごい発明だな」

ウェスタが感心したように言い、ケインは頷《うなず》いた。本当にすごい発明だと思う。クロノが大金を投じて作ったことにも、為政者としては素人《しろうと》同然のケインを代官に据《す》えたことにも納得《なっとく》できる。超長距離通信用マジックアイテムの便利さを知れば商人達はこぞって使いたがるだろう。問題はどうやって便利さを伝えるかだが――。

俺が心配することじゃないか、とケインはパンに齧《かじ》りついた。

※

帝国暦四三二年四月一日朝――ケインは宿舎のベッドで目を覚ました。悲鳴を聞いたような気がするが、気のせいだったような気もする。だが、念のため確認《かくにん》した方がいいだろう。そう考えて宿舎を出る。すると、アリアがこちらに近づいてきた。掃き掃除をしていたのだろう。箒《ほうき》とちりとりを持っている。

「ケイン様、おはようございます」

「おう、アリア。おはよう」

ケインはアリアに挨拶《あいさつ》を返した。ちりとりを見て、顔を顰《しか》める。

「ネズミか」

「はい、門の前で死んでいました」

ネズミは踏み潰《つぶ》されたように平べったくなっていた。猫《ねこ》や犬にやられたのならこんな風にはならない。そこで悲鳴の正体に気付く。アリアがネズミの死体を見つけて悲鳴を上げたのだろう。

「庭の隅《すみ》っこにでも埋《う》めてやってくれ」

「いいんですか？」

「ゴミ箱に捨てるのもなんだしな。かといって、敷地外《しきちがい》に投げ捨てるのもな」

ケインはぼりぼりと頭を掻《か》いた。その時、視線を感じた。反射的に振り返る。だが、そこには誰もいない。

「ケイン様、どうしたんですか？」

「いや、何でもねーよ」

アリアが問いかけてくるが、ケインははぐらかした。

※

ケインは服を着替《きが》えると宿舎を出た。門を見る。受付開始まで間があるが、門の向こうには十人ほどの男女がいた。先頭に立つのは眠《ねむ》そうな目の女性だ。シナー貿易組合の組合員で、名前はシアナといっただろうか。それなりの地位に就《つ》いていたはずだが、下《した》っ端《ぱ》がやるような仕事もするらしい。そこまで考えて思い直す。シナー貿易組合、いや、商人達にとって代官立ち合いのもとで契約を交わすなど初めての経験に違《ちが》いない。そう考えるとそれなりの地位に就いている者が出向くのは当然のことのように思えた。

そんなことを考えながら代官所の扉を開ける。一階の受付にはメアリーとケイトの姿があった。二人が立ち上がり、深々と頭を垂れる。実に丁寧《ていねい》な所作だ。

「「ケイン様、おはようございます」」

「ああ、おはよう。二人とも今日もよろしく頼むぜ」

「「はい」」

二人が頷き、ケインは天井を見上げた。

「ウェスタとロナは二階か?」

「はい、二階で待機しています」

ケインの問いかけにメアリーが答える。

「仕事始めってこともあるが、ちょっと効率が悪ぃな」

「それは……。仕方がありませんよ」

ケインがぼやくと、メアリーは困ったような表情を浮かべた。契約の立ち合いにあたり代官所では契約書《けいやくしょ》を一時的に預かることになっている。預かった契約書の内容をチェックし、問題がなければ契約式となるのだが、このやり方だとどうしてもタイムラグが生じる。特に今日は受付で預かった契約書を持っていくまでウェスタとロナは暇になる。

「ケイン様、受付を開始してよろしいでしょうか？」

「ああ、頼む」

ケイトが淡々《たんたん》と切り出し、ケインは許可を出した。ケイトがイスから立ち上がり、外に出る。門を開けたのだろう。ガラガラという音が響《ひび》く。ケイトは戻って来ない。しばらくして扉が開く。だが、扉を開けたのはケイトではない。シアナだ。彼女《かのじょ》は受付に歩み寄ると契約書を差し出した。

「シナー貿易組合です。よろしくお願いします」

「承知いたしました」

メアリーは頭を下げ、契約書を受け取った。受付ノートにシナー貿易組合と記入して契約書が三枚あることを確認、1と書かれた封筒《ふうとう》に契約書をしまい、同じ番号が彫《ほ》られた木の札を差し出す。

「こちらが受付札です。受付札を持たずにいらした場合、契約書に問題がなくても契約式を行えませんのでご承知おき下さい」

「承知しました」

シアナは木の札――受付札を受け取ると踵《きびす》を返して歩き出した。メアリーが足下《あしもと》の籠《かご》に封筒を入れる。シアナが代官所から出て行き、入れ替《か》わるように男が入ってきた。赤銅色《しゃくどういろ》の肌《はだ》を持つ禿頭《とくとう》の男だ。見覚えのある顔だ。行商人組合《ぎょうしょうにんくみあい》の組合長で、確かトマスという名前だったはずだ。トマスはこちらを見ると軽く会釈《えしゃく》をした。メアリーの正面に立ち、契約書を差し出す。

「行商人組合のトマスと申します。受付をお願いします」

「承知いたしました」

メアリーは先程《さきほど》と同じように手続きを行い、2と彫られた受付札を差し出した。

「こちらが受付札です。受付札を持たずにいらした場合、契約書に問題がなくても契約式を行えませんのでご承知おき下さい」

「分かりました。ところで、契約式はいつ？」

「昼以降、お越《こ》し下さい」

「ありがとうございます。では、またその頃《ころ》に」

トマスは頭を下げると踵を返した。扉に向かって歩き出す。そこでケインはケイトが戻って来ない理由に思い当たった。

「ケイトは外で列の整理か」

「そのようです」

メアリーが相槌《あいづち》を打ち、ケインは腕を組んだ。五人で代官所を回せると思ったが、何日か様子を見て、必要ならばスタッフを増やしたいとクロノに相談しなければなるまい。

「メアリー、契約書の入った封筒をくれ」

「持っていって下さるのですか？」

「どの道、上に行かなきゃならねーしな」

「分かりました。では、お願いします」

「おう、任せておけ」

ケインは封筒を受け取り、階段を登った。二階の待合室を通り、奥にある契約式を行う部屋に入る。部屋には席が二カ所設けられている。一つは部屋の中央――商人達が使う高テーブル、もう一つは部屋の奥――ケイン達が使う机とイスだ。手持《ても》ち無沙汰《ぶさた》だったのだろう。ウェスタとロナは掃き掃除をしていた。

「「ケイン様、おはようございます」」

「ああ、おはよう。契約書を持ってきたぞ」

ウェスタとロナが背筋を伸ばして言い、ケインは封筒を持ち上げた。

「え、えっと……」

「私が箒とちりとりを片付けるのでウェスタさんは仕事を」

「は、はい、お願いします」

ロナは箒とちりとりを受け取ると部屋を出て行った。ウェスタが席に着き、ケインは彼女の前に封筒を置いた。

「契約書の内容が一致《いっち》しているか確認してくれ。終わったらロナに渡《わた》して再チェック。再チェックが終わったら俺の執務室に頼む」

「は、はい！」

ウェスタは上擦《うわず》った声で返事をして1と書かれた封筒に手を伸ばした。緊張《きんちょう》しているのか手が震えている。

「落ち着け」

「深呼吸していいですか？」

「ああ、好きなだけ深呼吸しろ」

「ありがとうございます」

ウェスタは礼を言って深呼吸を始めた。すー、はー、すー、はーと深呼吸を繰《く》り返しているとガチャという音が響いた。ロナが戻って来たのだ。彼女が自分の席に座り、ケインは2と書かれた封筒を机の上に置いた。

「内容のチェックを頼む。終わったら封筒に入れてウェスタに再チェックしてもらってくれ。再チェックが終わったら俺の執務室だ」

「分かりました」

ロナは淡々と返事をして封筒から三枚の契約書を取り出した。二枚の契約書を並べてそこに書かれた文章を目で追う。ウェスタはといえばようやく封筒から契約書を取り出した所だった。ロナと同じように契約書を並べて文章のチェックを始める。

「今、メアリーが一人で受付をやってて手を離《はな》せねぇ状況《じょうきょう》だ。だから、こっちから封筒を取りに行くようにしてくれ」

「分かりました」

「……分かりました」

ロナが淡々と言い、やや遅《おく》れてウェスタが続いた。

「俺は執務室にいるから何かあったら来てくれ」

「「はい」」

二人の返事を聞き、ケインは部屋から出た。三階にある執務室に行き、席に着く。引き出しから紙の束を取り出し――。

「まずは列の整理についてだな」

ケインは羽根ペンを手に取り、問題点を書き始めた。

※

昼――ケインは羽根ペンを置き、作成したリストを引き出しにしまった。そろそろ午後の業務が始まる時間だ。封筒の入った籠を持って執務室を出る。籠の中には封筒が二十袋《ふくろ》入っている。当然、契約書の内容はチェック済み。誤字や脱字《だつじ》については赤インクで修正済みだ。今の所、仕事は上手く回っているが――。

「しんどいな」

ケインは階段を下りながらぼやいた。文章自体はそう長くないが、書式がばらばらなせいか妙《みょう》に疲《つか》れるのだ。もっと簡単に契約書の内容をチェックする方法はないものか。思案を巡らせるが、答えは出なかった。それよりも早く二階に着いたのだ。扉を開けて部屋に入ると、ウェスタとロナが席に着いて待っていた。

「待たせたな」

「いえ……」

「待合室にいる方を呼んできます」

ウェスタが肩《かた》を窄《すぼ》め、ロナは立ち上がった。早足で部屋を出て行く。ふぅという音が響く。ウェスタが溜息《ためいき》を吐いたのだ。ケインは自分の席に移動し、机の下に籠を置いた。

「疲れたか？」

「い、いえ！」

ケインが努めて優しく声を掛《か》けると、ウェスタは慌てふためいた様子で否定した。

「ただ、ちょっと……」

「……」

ウェスタが口籠もる。だが、ケインは彼女が話すのを待った。

「私って仕事ができないなって」

「それは仕方がねーよ」

「どうしてですか？」

ウェスタは不満そうに唇《くちびる》を尖《とが》らせて言った。

「ウェスタはあまり仕事をしたことがないんだろ？」

「……はい」

ウェスタはやや間を置いて頷いた。

「ロナは若い頃から傭兵《ようへい》として働いてたからな。経験に差がありすぎる」

「そう、でしょうか」

正直に伝えるが、ウェスタは納得していないようだ。ふとフェイのことを思い出す。フェイも仕事で失敗した時にものすごく落ち込《こ》んでいた。あの時、フェイは何と言っていただろうか。確か――。

「『もっと上手くやれると思っていたであります』だったか」

「何ですか？」

「俺の元部下、いや、元俺の部下か。まあ、どっちでもいいか。俺の元部下で、現騎《き》兵隊《へいたい》長《ちょう》様が仕事で失敗した時に言ってた言葉だよ」

「もしかして、フェイ様ですか？」

「ああ、そうか。名前を呼べばよかったんだな」

ケインはぼりぼりと頭を掻いた。

「その通り、フェイの言葉だよ」

「フェイ様にもそういう時期があったんですね」

「そういう時期な」

ふふ、とケインは笑った。ウェスタはフェイができる女だと思っているらしい。元上司として誇《ほこ》らしい気分だ。だが、何故《なぜ》だろう。気恥《きは》ずかしく感じている自分もいる。

「何かおかしなことを言いましたか？」

「いや、こっちのことだ」

ウェスタは困ったような表情を浮かべた。

「まあ、なんだ。フェイもそうだったが、ウェスタも理想が高いんだろ」

「そうでしょうか？」

ああ、とケインは頷いた。フェイと同様にウェスタは自分がもっと上手くできると考えていたのだろう。颯爽《さっそう》と仕事をこなす自分をイメージしていたのだろう。そのイメージと現実のギャップにショックを受けているのだ。

「仕事を始めたばかりなんだから落ち込む必要はねーよ。ここから積み上げていこうぜ。俺もできる限りサポートしていくからよ」

「………………はい」

ウェスタはかなり間を置いて頷いた。ガチャという音が響く。扉の開く音だ。扉の方を見ると、ロナが部屋に入ってくる所だった。エレインとシフも一緒《いっしょ》だ。注目を集めたいと考えているのか、エレインは露出度《ろしゅつど》の高いドレスを着ている。

「何処《どこ》に行けばいいのかしら？」

「中央の高テーブルだ」

「分かったわ」

ケインが質問に答えると、エレインとシフは中央の高テーブルに歩み寄った。ロナが扉を閉め、エレインのもとに向かう。

「受付札をお願いします」

ええ、とエレインは短く応じ、胸の間から受付札を取り出した。

「どうぞ」

「あ、ありがとうございます」

ロナは受付札を受け取ると足早にこちらにやって来た。受付札を机の上に置く。1と彫られている。ケインは1と書かれた封筒を手に取った。ロナに封筒を渡す。すると、彼女は封筒を持って中央の席に向かった。

「お待たせしました」

ロナは契約書を高テーブルに並べると封筒を持って戻ってきた。ロナが席に着き、ケインは宣誓《せんせい》すべく手を上げた。

「私——カド伯爵《はくしゃく》領代官ケインは契約書の内容が一言一句違わないことを確認した」

「ウェ、ウェスタ、確認しました」

「ロナ、確認しました」

ケインが口上を述べると、ウェスタとロナが続いた。

「双方《そうほう》、問題がなければ署名をと言いたいが……」

「何よ？　問題でもあるの？」

　エレインがムッとしたように言い、ケインはシフに視線を向けた。

「自由都市国家群《じゆうとしこっかぐん》の相場に比べると安すぎるんだが、本当にこの金額でいいのか？」

「ハシェルまでの護衛だからな。その金額で構わん」

「その金額で納得してるんならいいんだが……」

　ケインは頭を掻き、エレインに視線を向けた。

「相場と掛け離れてる時は確認を取るからな？」

「私だって阿漕《あこぎ》な商売をするつもりはないわよ」

「ならいい」

　ごほん、とケインは咳払《せきばら》いをした。

「双方、問題がなければ署名を……」

「分かったわ」

「承知した」

　エレインとシフは高テーブルに据え付けられた羽根ペンを手に取った。三枚目の契約書に署名をする。

「両名の署名を以て契約が成立したと見なす。なお、この契約に定める事項《じこう》に疑義を生じた時、または定めのない事項について意見を異にした時は誠意を以てその解決に当たるように」

「ええ、分かったわ」

「承知した」

「では、これで契約式を終了《しゅうりょう》とする」

二人が契約書を手に取り、ケインは高テーブルに歩み寄った。契約書を手に取ると、エレインが口を開いた。

「これでおしまいよね？」

「契約内容で揉《も》めなけりゃな」

「私もそう願うわ」

エレインはくすっと笑い、ケインに背を向けた。二人が部屋から出て行き、ケインは自分の席に戻った。

「ウェスタ、次の客を呼んできてくれ」

「は、はい！」

ケインが声を掛けると、ウェスタは元気よく立ち上がった。足早に部屋を出て行く。

「結構、動きに無駄《むだ》があったな」

「レイアウトも含めて考え直す必要がありそうですね」

「そうだな」

忙《いそが》しくなりそうだ、とケインは小さくぼやいた。

※

夕方――ケインは契約書を封筒に入れ、深い溜息を吐いた。今日だけで四十組を超《こ》える契約書に目を通している。溜息の一つも出るというものだ。ともあれ、これで今日の業務は終了――いや、まだ重要な業務が残っている。封筒を足下の籠に入れ、立ち上がって軽くストレッチをする。もちろん、ストレッチは業務とは関係ない。籠を抱《かか》えて執務室を出て、隣《となり》にある保管庫に向かう。鍵《かぎ》を開けて保管庫に入ると、そこには鍵付きの棚《たな》が並んでいた。その中の一つに籠を入れて保管庫から出る。保管庫と執務室の鍵を閉め、階段を下り、二階を施錠《せじょう》、また階段を下りて、一階を施錠、外に出て代官所の鍵を閉める。今度こそ業務終了だ。深い溜息を吐いたその時――。

「ケイン殿《どの》！」

背後から聞き覚えのある声が響いた。振《ふ》り返ると、フェイが馬から下りて駆《か》け寄ってくる所だった。門の所にはサップ達《たち》の姿もある。フェイはケインの前で立ち止まり――。

「代官所の宿舎に泊《と》めて欲《ほ》しいであります！」

「それは構わねーが……」

「本当でありますか⁉」

「元々、代官所は騎兵隊の拠点《きょてん》を兼《か》ねてるし、クロノ様から見回りを強化するって聞いてるからな。で、何かあったのか？」

「実は――ッ！」

ケインが理由を尋《たず》ねると、フェイは口を開き、ハッとしたように塀《へい》の方を見た。ケインも塀の方を見るが、そこには誰《だれ》もいない。

「見えたか？」

「顔までは見えなかったでありますが、よければ捕《つか》まえてくるでありますよ？」

「そんなことできるのか？」

「余裕《よゆう》であります」

フェイは鼻息も荒《あら》く言い放った。本当に捕まえられるのか不安になるが、余裕と言うからには余裕で捕まえられるのだろう。

「どうするでありますか？」

「気持ちはありがたいが、こっちで何とかするさ」

「え～、ケイン殿が何とかしちゃうのでありますか～」

フェイは不満そうな声を上げた。

「なんで、不満そうなんだ？」

「なかなかの手練《てだ》れっぽかったので、いい腕試《うでだめ》しになると思ったのであります」

「お前な」

ケインはがっくりと肩を落とした。

「まあ、いい。それはそれとして、どうしてこんな時間になったんだ？」

「くぼみに嵌《は》まった荷馬車を助け出していたのであります」

ふ～ん、とケインは相槌を打ち、フェイを眺《なが》めた。確かに軍服が汚《よご》れている。

「どうかしたのでありますか？」

「随分《ずいぶん》、汚れてるな」

「当然であります。何せ、十台も助け出したでありますからね」

「十台!?」

ケインは思わず叫《さけ》んだ。いくら何でも十台は多すぎる。

「ケイン殿？」

「クロノ様に報告してくる」

「ちょっと待ったであります！」

ケインが代官所に向かうと、フェイが回り込んできた。

「何だよ？」

「何でだ？」

「先にアリア殿に私達が宿泊《しゅくはく》することになった旨《むね》を伝えて欲しいであります」

「この時間帯にお泊まりさせて欲しいとお願いするのは気が引けるであります」

「分かった」

フェイが申し訳なさそうに言い、ケインは宿舎に向かった。

※

帝国暦《ていこくれき》四三二年四月四日朝――ケインは宿舎のベッドで目を覚ました。宿舎から出てストレッチをする。すると、アリアがちりとりを持ってやって来た。

「ケイン様、おはようございます」

「おはよう」

ケインは挨拶を返し、ちりとりを見つめた。

「またか」

「ええ、またです」

ケインが溜息交じりに言うと、アリアも溜息交じりに言った。ちりとりの上にはネズミの死骸《しがい》がある。一匹《ぴき》ではない。四匹だ。

「四月一日は一匹、二日は二匹、昨日は三匹だったから明日は五匹か」

「そうですね」

「この調子で何処まで増えるのか確かめたくなるな」

「冗談《じょうだん》でもそんなこと言わないで下さい」

ケインが軽口を叩《たた》くと、アリアは困ったような表情を浮かべた。

「このままではお庭がネズミのお墓だらけになってしまいます」

「確かにそいつは問題だ」

「どうすればいいんでしょう?」

アリアが途方《とほう》に暮れたように言い、ケインは腕《うで》を組んだ。その時、視線を感じた。振り返るが、誰もいない。ぽりぽりと頭を掻く。

「ネズミの件は俺《おれ》に任せてくれ」

「大丈夫《だいじょうぶ》ですか？」

「これでも、腕っ節《ぷし》にゃ自信がある」

「まあ！」

ケインが腕まくりをして力瘤《ちからこぶ》を作ると、アリアは手で口元を押《お》さえた。ミノタウロスに驚《おど》かれると面映《おもは》ゆい気持ちになる。それはさておき——。痺《しび》れを切らして部下に手を出されちゃ堪らねーからな、とケインは塀を見つめた。

※

昼——ケインが執務室《しつむしつ》で契約書のチェックをしていると、トントンという音が響いた。扉《とびら》を叩く音だ。イスから立ち上がろうとして思い直す。立ち上がって扉を開けるより入室を許可した方が早い。

「開いてるぜ！」

「……失礼します」

ケインが声を張り上げると、扉が開いた。扉を開けたのはロナだ。契約書を取りに来たのだろう。彼女は机に歩み寄り、足を止めた。

「契約書を取りに来ました」

「了解《りょうかい》」

ケインは短く告げ、契約書の入った籠を机の上に置いた。

「籠を置く台が欲しいな」

「――ッ！」

ぽつりと呟《つぶや》くと、ロナは籠に伸《の》ばしていた手を引っ込めた。

「単なる独り言だから気にしないでくれ」

「いえ、仕事のお話ですから」

「真面目《まじめ》だな」

ロナが背筋を伸ばして言い、ケインは苦笑した。

「仕事の話といえばレイアウトを変更《へんこう》した件についてどう思う？」

「二階の机の配置ですね。部屋に入ってすぐの所に机を置いたのはいいアイディアだと思います。あれだとすぐに受付札を受け取れますから」

「思い付きだったが、まあまあいい感じだな」

「あと……」

そう言って、ロナは口籠もった。チラチラとこちらに視線を向ける。

「気になることがあるなら何でも言ってくれ」

「お気づきかと思いますが……。最近、視線を感じることが……」

「もちろん、気付いてるぜ。犯人の目星も付いてる」

「犯人の目星が付いているのでしたら何故？」

「個人的に思う所があってな。けど、まあ、放置するつもりはねーよ。これ以上エスカレートしてベッドにネズミを投《な》げ込まれても困る」

「ネズミ⁉」

ロナが驚いたように目を見開く。

「四日連続で門の前に潰れたネズミの死骸が置かれてるんだが、気付かなかったか？」

「いえ……。それにしてもネズミですか」

「ネズミは嫌《きら》いか？」

「嫌いです」

ケインの問いかけにロナは嫌悪感《けんおかん》も露《あら》わに答えた。

「意外だな」

「傭兵ギルドの仕事には下水道の掃除《そうじ》もあるのですが……。毎年一人二人死んでるんです。恐《おそ》ろしい相手ですよ。ヤツらは」

そうか、とケインは頷いた。ロナのネズミ嫌いはケインが想像したそれとは方向性が違うようだ。

「まあ、この件は俺が解決するからウェスタには黙《だま》っててくれ」

「そう、ですね。その方がいいと思います。彼女が知ったら眠れなくなりそうですから」

ロナは考《かんが》え込む素振《そぶ》りを見せた後で頷いた。

※

夜――ケインは代官所の鍵を閉めた。これで今日の業務は終了と言いたい所だが、まだやるべきことがある。宿舎で普段着《ふだんぎ》に着替えて外に出る。すると、何かとぶつかった。

「痛ッ！　何処を見て歩いてるみたいな⁉」

「これは重傷みたいな！　誠意を見せて欲しいしッ！」

「当たり屋か、お前らは」

「「――ッ！」」

ケインが溜息交じりに言うと、アリデッドとデネブはハッとしたような表情を浮かべた。揉み手《で》で近づいてくる。

「これはこれは、代官様じゃありませんかみたいな」

「本日もお日柄《ひがら》がよくて何よりみたいな」

うへへ、と二人は笑った。

「何の用だ？」

「つっけんどんな対応に心が折れそうだし」

「ケイン隊長は代官になって変わってしまったみたいな」

ケインが用件を尋ねると、二人は顔を背《そむ》けた。今にも唾《つば》を吐《は》きそうな態度だ。何故だろう。二人を見ていると、一度決着をつけるべきではという気がしてくる。

「まだ仕事があるんだよ」

「それはご苦労様みたいな。実はかくかくしかじかという訳で泊めて欲しいみたいな」

「『かくかくしかじか』は『くぼみに嵌まった荷馬車を助けてたらこんな時間になった』という意味みたいな」

「またか」

ケインは小さく呟いた。こちらも対処が必要なようだ。

「クロノ様に報告を……。何だよ、その顔は？」

「この流れはあたしらにお願いする流れみたいな」

「あたしらは体力の限界みたいな」

二人はぐったりとした様子で言った。

「分かった。報告は朝一でしろ」

「「了解みたいな！」」

ケインの言葉に二人は元気よく応じた。やはり、一度決着をつけなければならないような気がする。そんなことを考えていると、ドタバタという音が聞こえた。振り返ると、アリアが近づいてくる所だった。

「まあ！　アリデッドさん、デネブさんッ！」

「今日はあたしらの隊を宿舎に泊めて欲しいみたいな！」

「ただし、素泊《すど》まりはノーサンキューみたいな！」

二人の言葉にアリアが困ったような表情を浮かべ、ケインは頷《うなず》いた。

「分かりました。食事の準備にお時間を頂きますが、よろしいですか？」

「了解、それまで硬パンを齧《かじ》って我慢《がまん》するみたいな」

「戦時に平時、もう硬パンを手放せないみたいな〜」

ふふ、とアリアが笑う。

「俺はちょっと外に出てくる」

「お食事はどうしますか？」

「帰ったら食べるよ」

「分かりました。できるだけ早く帰って下さいね」

「ああ、約束する」

ケインが外に出ると、厩舎《きゅうしゃ》から光が漏《も》れていた。部下——いや、もうアリデッドとデネブの部下か——が馬の世話をしているのだろう。声を掛けるべきか迷ったが、何も言わずに代官所を後にした。

※

代官所を出ると、そこは何もない荒《あ》れ地《ち》だ。吹《ふ》きすさぶ風が草を揺《ゆ》らしている。ケインはぶるりと身を震《ふる》わせ、防寒具を身に着けずに出てきてしまったことを後悔《こうかい》した。防寒具を取りに戻《もど》ろうかと思ったが、格好悪いのでそのまま歩き出す。

月と星、街の明かりを頼《たよ》りに道を進んでいると、シルバートンの街並みがはっきりと見えるようになった。ロナはシルバートンの街並みを書き割りと評したが、確かに彼女の言う通りだ。夜のシルバートンは書き割りそのものに見える。道が二手に分かれる。一方はシルバートン、もう一方は開拓村《かいたくむら》に続いている。ケインは道を曲がり、シルバートンに向かった。さらに進むと、煌《きら》びやかな店が見えてきた。エレインの店——シナー貿易組合一号店だ。他の店は明かりを落としているのに、と苦笑《くしょう》する。

扉を開けて店に入る。ドアチャイムの涼《すず》やかな音が響き、テーブル席に座《すわ》っていた客の何人かがこちらを見る。だが、ここがどういう店なのか思い出したのだろう。そっと顔を背けた。奥《おく》のカウンター席に座る。ややあって——。

「あら、いらっしゃい」

エレインが隣の席に座った。仕事中だからだろう。露出度の高いドレスを着ている。

「他の客はいいのか？」

「サービスしてあげるって言ったでしょ？」

「律儀《りちぎ》だな」

「そうじゃないと商売は回らないわ」

「よく言うぜ」

エレインがしれっと言い、ケインは苦笑した。

「何を飲むの？　ビールにワイン、変わり所ではエルフの妙薬《みょうやく》なんてものもあるわよ？」

「エルフの妙薬？」

「その昔、エルフが創《つく》り出したとされるお薬よ」

ケインが鸚鵡《おうむ》返しに呟くと、エレインはエルフの妙薬について説明してくれた。

「どんな薬なんだ？」

「お酒の中にある酔《よ》っ払《ぱら》う成分を抽出《ちゆうしゆつ》した無色透明《むしよくとうめい》の液体よ。古《いにしえ》の賢者《けんじや》はアルコールと呼んだらしいわ。そのままじゃ飲めたものではないけど、お水と果汁《かじゆう》を加えると口当たりがまろやかになるわ」

「……」

ケインは押し黙った。そっとエレインの様子を窺《うかが》う。

「どうかしたの？」

「アリデッドとデネブを騙《だま》して聞き出したんじゃねーだろうな？」

「失礼ね。ちゃんと相応のお金は渡したわよ」

エレインはムッとしたように言った。やはりというべきか、アリデッドとデネブはアルコールの抽出方法を教えてしまったようだ。

「それで、何にするの？」

「水を頼《たの》む」

「……」

わたしたちが大切に
作りました

生産者　アリデッド&デネブ
原産地　エラキス侯爵領

　今度はエレインが押し黙る番だった。

「駄目《だめ》ならビールでいいが……」

「分かったわ。こちらの方にお水を」

　エレインは小さく溜息を吐き、カウンターの内側にいるシアナに声を掛けた。

「承知いたしました」

　シアナはグラスに氷と水を入れるとケインの前に置いた。ケインはグラスを手に取り、口に運んだ。爽《さわ》やかな味わいが口の中に広がる。

「美味《うま》いな」

「ただの水よ。で、どうして来たの？」

　エレインはムッとしたような口調で問いかけてきた。口調はムッとしているが、流石《さすが》はプロというべきかそれ以外は柔《やわ》らかい。テーブル席にいる客や娼婦《しょうふ》にはエレインが愛想《あいそ》よく接客しているように見えるはずだ。

「ちょっと野暮用《やぼよう》だ」

　ふ～ん、とエレインは相槌《あいづち》を打った。

「何かやって欲しいことある？」

「俺が出て行った後、すぐじゃなくていいから港の見回りを頼む」

「分かったわ」

ふぅ、とエレインは小さく溜息を吐いた。そして、身を乗り出してきた。

「次はちゃんとお酒を飲みに来てね？」

「ああ、約束する」

ケインは軽く肩を竦《すく》めて応じ、次があればなと心の中で付け加えた。

※

二時間後――涼やかな音が響《ひび》く。ドアチャイムが鳴る音だ。ケインはエレインと向き合い、笑《え》みを浮《う》かべた。

「じゃ、またな」

「ええ、またね」

エレインが微笑《ほほえ》み、ケインは踵《きびす》を返した。そのまま港に向かう。道を横切り、階段を下りて石畳《いしだたみ》で舗装《ほそう》された港を歩く。岸壁《がんぺき》の縁《ふち》に立ち、しばらく海を眺める。ふと気配を感じて振り返ると、クアントが立っていた。距離《きょり》は十メートルくらい離れているだろうか。思《おも》い詰《つ》めたような顔をしている。

「よう、今日はいい天気だな？」

「……お前が死ぬにはいい日だ」

ケインが努めて軽く声を掛けると、クアントは低く押し殺したような声で答えた。道化《どうけ》じみて見えるように大仰《おおぎょう》に肩を竦める。

「どうして、俺が死ななきゃならねーんだ？」

「お前は……。傭兵ギルドの看板に泥《どろ》を塗《ぬ》った」

「勘弁《かんべん》してくれ。被害者《ひがいしゃ》とは示談が済んでるし、シフも――」

「うるさい！　黙れッ！」

クアントはケインの言葉を遮《さえぎ》った。

「父上は――曾祖父《そうそふ》の名を継《つ》ぐに相応《ふさわ》しい偉大《いだい》な男だ」

「そうか、お前はシフの子どもか」

「お前が身《み》の程《ほど》を弁《わきま》えて大人しくしていれば見逃《みのが》してやった。だが、お前は父上の前に姿を現した。それも父上と同格と言わんばかりの態度で。許されることじゃない」

クアントはケインの言葉を無視して言った。質問に答えろと思わないでもないが、狙《ねら》われている理由は分かった。要するにクアントはケインが気に食わないのだ。

「それで、どうするつもりだ？」

「……殺す」

ケインが問いかけると、クアントは短剣《たんけん》を抜《ぬ》いた。黒い光が蛮族《ばんぞく》の戦化粧《いくさげしょう》のようにクアントの体を彩《いろど》る。予想していたことだが、やはり刻印術《こくいんじゅつ》の使い手だった。だが、脅威《きょうい》には感じなかった。ケインにとって刻印術は未知の技術ではない。何よりクアントだ。性格はもちろんだが、立ち居振《ふ》る舞《ま》いに隙《すき》が多すぎる。素手《すで》で叩き伏《ふ》せるのも難しくはないはずだ。しかし、ケインは剣《けん》を構えた。クアントは実力差を埋《う》める切り札を持っている。そんな予感がしたからだ。

クアントが身を屈《かが》める。攻撃《こうげき》が来る。そう考えた次の瞬間《しゅんかん》、クアントが跳《と》んだ。十メートルの間合いを一瞬《いっしゅん》で詰める大ジャンプだ。だが、すぐに落下を始める。目測を誤ったとは思えないので、着地と同時に地面を蹴《け》って低い姿勢から攻撃するつもりだろう。脇《わき》に回り込んで着地した所を捕《と》らえる。ケインは前に出ようとして踏《ふ》み止《とど》まった。代わりに頭を守るように剣を構える。甲高《かんだか》い音が響き、衝撃《しょうげき》が体を貫《つらぬ》く。短剣によるものとは思えないほど強烈《きょうれつ》な一撃《いちげき》だ。それもそのはず。クアントの短剣は伸びていた。フェイが神威術《しんいじゅつ》・祝聖刃《しゅくせいじん》で刃を伸ばすように刻印術を使って刃を伸ばしたのだ。

「——ッ！」

クアントが目を見開く。攻撃を受け止められると思わなかったのだろう。気持ちは分かる。実際、クアントは上手《うま》くやっていた。だが、一工夫《ひとくふう》足りなかった。攻防《こうぼう》の中でこの技を使うか、足下《あしもと》に意識を誘導《ゆうどう》するかしていれば引っ掛かっていただろう。クアントは早くも切り札を失った。仕切り直すのも手だが、クアントは腕に力を込めた。この場で決着をつけるつもりなのだ。じりじりと剣が押し込まれる。若い頃《ころ》であればムキになって対抗《たいこう》したに違《ちが》いない。しかし、ケインはもうおっさんだ。力を抜き、攻撃を受け流す。重く鈍《にぶ》い音が響く。クアントの剣が石畳を砕《くだ》いた音だ。

クアントが無防備な姿を曝《さら》しているが、攻撃しようとは思わなかった。何というか、わざとらしいのだ。攻撃を誘《さそ》っているとしか思えない。その判断が正しかったことを示すようにクアントが攻撃を繰《く》り出す。攻撃が空を斬《き》り、きょとんとした顔をする。自分が読みを外したという事実を受け入れられなかったのだろう。

ふん、とケインは鼻で笑った。すると、クアントは口惜《くや》しげな表情を浮かべ、襲《おそ》い掛かってきた。次々と攻撃を繰り出すが、一撃目や二撃目に比べると単調だ。避《よ》けるのは訳ない。ケインが攻撃を躱《かわ》すと、クアントはムキになったように剣を振り回した。技と呼べるものは何もない。単調で雑な攻撃だ。それでも、何度かひやっとすることがあった。刃の長さが一定ではないのだ。

クアントが刻印術に熟達していないか、この技が初見殺し——相手の虚《きょ》を衝《つ》くためだけに開発されたかのどちらかだろう。どちらにせよ、勝負を長引かせるべきではない。刃の長さを読み間違《まちが》えて死にたくはない。

「くそッ！　なんで、なんで当たらないッ！」

クアントは剣を振り回しながら口惜しげに顔を歪《ゆが》めた。自棄《やけ》になったのか、剣を振り上げる。チャンスだ。ケインは大きく踏み込み、蹴りを繰り出した。蹴りが腹部に突《つ》き刺《さ》り、クアントが吹っ飛ぶ。地面を二転三転して立ち上がるが、その手に剣は握《にぎ》られていない。蹴られた拍子《ひょうし》に取り落としたのだ。

「負けを認めるなら見逃してやるし、シフにも黙っててやるが……。どうする？」

「――ッ！」

降伏《こうふく》を勧《すす》めるが、クアントの闘志《とうし》は衰《おとろ》えない。まだ切り札があるということか。勘弁して欲しいが、自分で選んだことだ。最後まで付き合うとしよう。

「俺を追い詰めたお前が悪いんだからな」

「……」

ケインは無言で剣を構えた。クアントが仰《の》け反《ぞ》って吠《ほ》える。狼《おおかみ》を思わせる咆哮《ほうこう》だ。次の瞬間、刻印から闇《やみ》が噴《ふ》き出した。闇がクアントの体を覆《おお》い尽《つ》くし、さらに渦《うず》を巻く。再び咆哮が響き、闇が弾《はじ》ける。そこにいたのはクアントではない。巨大《きょだい》な狼だ。狼の姿が掻《か》き消え、ケインは反射的に横に跳んだ。風が吹き抜け、背後からバキバキという音が響く。振り返ると、港の一角に積まれていた木箱《きばこ》が崩《くず》れていた。誰がやったかなど考えるまでもない。崩れた木箱の中から狼が姿を現す。猛《もう》スピードで木箱に突《つ》っ込《こ》んだにもかかわらずダメージはないようだ。

再び狼の姿が掻き消え、今度もケインは横に跳んだ。風が吹き抜け、脇腹《わきばら》に鋭《するど》い痛みが走る。指を這《は》わせると、濡《ぬ》れた感触《かんしょく》があった。擦《す》れ違い様に脇腹をやられたようだ。背後で風が動く。振り向いている暇《ひま》などない。即座《そくざ》にその場から離《はな》れる。今度は肩《かた》に痛みが走る。狼が姿を現す。といってもケインに見えるのは後ろ姿だ。狼が悠然《ゆうぜん》と振り返る。ケインが自分に追いつけないと侮《あなど》っているのだ。口惜しいが、その認識《にんしき》は正しい。だが、だからといってクアントに殺されてやる訳にはいかない。自分の命はクロノのために使うと決めているのだ。

狼が身を屈め、ケインは耳を澄《す》ませた。狼の姿を目で捉《とら》えることはできない。だが、その予兆を耳で捉えることはできるのではないかと思ったのだ。微《かす》かな音が響き、ケインは地面を蹴った。狼の姿が掻き消え、風が吹き抜ける。痛みはない。どうやら攻撃を躱せたようだ。再び微かな音が響き、ケインは地面を蹴った。今度も痛みはない。ただの思い付きだったが、耳で予兆を捉えるというやり方は間違っていなかったようだ。もっとも、こ

れは狼――クアントが自身の動きを制御《せいぎょ》できていないからこそ通じるやり方だ。

狼が姿を現し、ケインを睨《にら》み付ける。二度も攻撃を躱されて苛立《いらだ》っているのか目が爛々《らんらん》と輝《かがや》いている。微かな音が響き、ケインはまた地面を蹴った。風が吹き抜け、肩に痛みが走る。間を置かず衝撃が体を貫く。ケインはよろめき、ここで倒《たお》れたら嬲《なぶ》り殺しにされると足を踏ん張って体勢を立て直す。

小さく舌打ちをする。予兆は捉えている。にもかかわらず攻撃を躱せない。この短期間で成長したらしい。流石、フェイになかなかの手練れっぽいと評されただけのことはある。そして、そこから先は一方的な展開となった。ずっと狼の攻撃だ。もう何度目になるか分からない攻撃を凌《しの》ぎ、ケインは盛大に溜息《ためいき》を吐いた。狼が正面に姿を現す。

『負けを認めるなら見逃してやる』

クアントの声が響く。何ともありがたい言葉だ。ケインは鼻で笑い、剣を鞘《さや》に収めた。

『負けを認めるんだな？』

「は？　どうして、そういう発想になるんだ？　お前なんざ素手で十分って意思表示に決まってるだろうが。狼に変身して知能まで低下したのか？」

『殺してやる！』

狼が身を屈め、ケインは横に跳んだ。風が吹き抜け、肩に痛みが走る。やはり、今度も躱せなかった。だが、躱せなくてもいい。背後に向き直る。すると、狼が虚空《こくう》に身を躍《おど》らせていた。ちなみに下は海だ。そう、ケインは攻撃を凌ぎながら狼を岸壁の縁に誘導していたのだ。

「飛べるもんなら飛んでみろ！」

『舐《な》めるな！』

狼は叫ぶと触手《しょくしゅ》のようなものを岸壁に伸ばした。もちろん、それは触手ではない。体を構成する闇を解いて紐状《ひもじょう》にしたのだ。その分だけ闇が薄《うす》まり、クアントが透《す》けて見えるようになる。ケインは岸壁を蹴り、狼に飛び付いた。狼もろとも海に落下する。

「は、放せッ！」

「おいおい、寂《さび》しいことを言うなよ。もっと楽しもうぜ」

ケインは闇の隙間《すきま》から腕を突っ込み、クアントの首を締《し》め上げた。

「お、俺は泳げ――」

「そうか？　俺は泳げるぜ。だが、これからやるのは我慢比べだ。泳げるか泳げないかなんて些細《ささい》な問題だ」

「た、助け――ッ！　ち――」

助けて父上、と言おうとしたのだろう。だが、クアントはその言葉を発することができなかった。ケインと共に海に沈《しず》んだからだ。

※

ぷはッ！　とケインは海面から顔を出して貪《むさぼ》るように空気を吸った。腕に力を込めてクアントを海面に引き上げる。だが、ぴくりとも動かない。気絶しているのだ。我慢比べは俺の勝ちだと笑い、波を被《かぶ》って噎《む》せ返る。勝ち誇《ほこ》っている場合じゃない。早く海から出なければ死んでしまう。必死で手足を動かすが、クアントがいるせいか岸壁に近づけている気がしない。いや、近づいているどころか――。

くそッ、とケインは毒づいた。勝負には勝ったが、二人とも溺死《できし》しましたでは笑い話にもならない。必死に手足を動かし、何度も波を被る。これは駄目かも知れないと思ったその時、目の前に何か――木製の輪が降ってきた。

「それを掴《つか》んで！」

エレインが岸壁から叫び、ケインは木製の輪にしがみついた。縄《なわ》が結び付けられているが、エレインの細腕《ほそうで》で引っ張り上げられるだろうか。だが、そんな心配は無用だった。彼《か》女《じょ》の隣にマンダがいたからだ。

「頼んだわよ」

「……承知」

マンダは頷くと縄を引っ張った。ぐいぐいと岸壁に引き寄せられ、苦もなくその上まで引き上げられる。これは駄目かも知れないと考えていた自分が恥《は》ずかしくなるほどあっさりとした救出劇だった。

「あれだけ格好よく出て行ったのに……」

「格好悪くても生きてた方がいいだろ？」

溜息交じりに言うエレインにそう返してケインはその場に座り込んだ。クアントの方を見る。すると、噎せ返るように海水を吐き出していた。ホッと息を吐く。死なせずに済んだようだが――。

「もうちょい穏便《おんびん》に済ませられると思ったんだが、シフに何て説明すりゃいいんだか」

「説明する必要はない」

夜の港に声が響く。シフの声だ。声のした方を見ると、シフがこちらに近づいてくる所だった。腕に毛布を掛《か》けている。シフは立ち止まると毛布を投げて寄越《よこ》した。

「うちの子が済まなかったな」

「こっちこそ水遊びに付き合わせて悪かったな」

ケインは毛布に包まり、言い訳を口にした。

「……水遊びか」

「ああ、水遊びだ。だから、寛大《かんだい》な処分を頼む」

「他人の子どものために命を懸《か》けるか」

「別に懸けたくて懸けた訳じゃねーよ」

ケインは吐き捨てた。もっと楽に対処できると思っていたのだ。

「つか、あの狼に変身するのは何だったんだよ？」

「我々——諸部族連合《しょぶぞくれんごう》の中でも限られた血筋の者は精霊《せいれい》の姿に変じることができる」

「要は族長の血筋ってことだろ？　ならちゃんと躾《しつ》けておけ」

「そうだな」

シフは口元を綻《ほころ》ばせ、クアントに歩み寄った。跪《ひざまず》いて毛布を掛け、抱《だ》き上げる。ケインは太股《ふともも》を支えに頬杖《ほおづえ》を突き、二人を見送った。

※

帝国暦四三二年四月五日朝——ケインは寒気を感じて目を覚ました。体を起こし、額に手を当てる。熱くない。平熱のようだ。ストレッチをするために宿舎から出ると、アリアが近づいてくる所だった。ケインの前で立ち止まり、困ったような表情を浮かべる。

「ケイン様……」

「またネズミか？」

「いえ……」

アリアは首を横に振《ふ》り、視線を落とした。足下に影《かげ》が見える。一人分ではない。しばらくしてアリアの陰《かげ》から子ども——クアントが出てきた。

「もう水遊びはしねーぞ」

「違う」

ケインがうんざりした気分で言うと、クアントはムッとしたように言い返してきた。

「だったら何の用だ？」

「父上に……。勘当《かんどう》された」

クアントは口籠《くちご》もり、ごにょごにょと言った。

「勘当!?」

「お前を水遊びに付き合わせた罰《ばつ》だと言われた」

「マジかよ」

ケインは思わず呟いた。だが、心情は理解できる。傭兵《ようへい》ギルドのギルドマスターとしてクアントを処罰《しょばつ》しなければならないが、寛大な処分をと頼まれてもいる。どうするか悩《なや》み、勘当することにしたのだろう。

「で、シフが俺の所に行けって言ったのか？」

「違う」

ケインの言葉にクアントは拗《す》ねたように唇《くちびる》を尖《とが》らせた。

「俺はお前のせいで勘当された。だから、責任を取れ！」

「なんで、俺が――ッ！」

責任を取らなきゃいけねーんだよと言おうとして息を呑《の》む。指先に鋭い痛みが走ったのだ。反射的に手を見るが、傷一つない。しげしげと手を見つめ、ふと数日前に見た夢のことを思い出した。あの時、ケインには何の力もなかった。もし、今の半分でも力があれば妹は生きて隣《となり》にいただろう。クアントに妹を重ねた訳ではないが――。

「仕方がねぇ。面倒《めんどう》を見てやる。その代わりちゃんと働けよ？」

「……分かった」

クアントが間を置いて答える。本当に分かっているのか不安だが――。

「とりあえず、飯にしようぜ」

そう言って、ケインはクアントの頭に手を置いた。

※

昼過ぎ——クロノが応接室に入ると、シフがソファーに座っていた。立ち上がろうとする彼《かれ》を手で制し、対面の席に座る。クアントの件で来たのは間違いない。だが、どう話を切り出せばいいのだろう。クアントの件はケインに任せている。変なことを言って面子《メンツ》を潰《つぶ》したくない。そんなことを考えていると、シフが口を開いた。

「エラキス侯爵《こうしやく》、本日は面会の機会を頂き、ありがとうございます」

「いえ……。ところで、本日はどのような件で？」

クロノは口籠もり、何も知らない体で話を切り出すことにした。シフも大事にしたくないはずと考えたからだ。

「クアントの件です」

「その件でしたらケインに任せています」

「そう仰《おつしや》って頂けると……」

クロノの言葉にシフは弱々しい笑みを浮かべた。本心だろうか。いや、ケインに任せているのだ。嘘《うそ》でも構わない。それで話は終わった。沈黙《ちんもく》が舞《ま》い降《お》りる。息が詰まるような沈黙だ。ふとベイリー商会のことを思い出す。そうだった。ベイリー商会の件をシフに伝えるつもりだったのだ。

「そういえばシフ殿《どの》に伝えておきたいことがありまして……」

「それはどのような？」

「実は――」

シフが居住まいを正し、クロノはベイリー商会について――南辺境でガウルを騙したことやマイラの憎悪《ぞうお》を一身に受けていること、エドワードなる人物がよからぬことを企《たくら》んでいることなどを語った。

「――という感じです」

「まさか、そのようなことが……」

クロノの話を聞き終え、シフは呻《うめ》くように言った。だが、言葉ほどには驚いていないようだ。当然か。彼は傭兵ギルドのギルドマスターなのだ。クロノのように貴族の肩書《かたが》きや領主の地位に守られていない。この程度の妨害《ぼうがい》など日常茶飯事《にちじょうさはんじ》とまでは言わずとも想定内に違いない。とはいえ、丸投げする訳にはいかない。そんなことをすればあとでエドワードにどんな難癖《なんくせ》を付けられるか分かったものではない。最終的にクロノに責任が回ってくるようにしなければならない。そのためには口実が必要だ。だが、そんな口実を簡単に用意できる訳が、いや、できる。クロノはずいっと身を乗り出した。

「話は変わるんですが、最近、馬車がくぼみに嵌《は》まることが増えているそうです」

「存じております」

「そこで、傭兵ギルドに調査を依頼《いらい》したいと思います」

「調査ですか？」

「はい、調査です。一応、私も何者かがよからぬことを考えているのではないかと備えは怠《おこた》っていませんが……」

一旦《いったん》、言葉を句切る。備えは怠っていない。本当のことだ。ハシェル・シルバートン間の見回りを強化しているし、いつでも部隊を動かせるようにしている。

「部隊が現場に到着《とうちゃく》するまでどうしても時間が掛かります。後手に回らざるを得ないので仕方のないことかも知れませんが、被害《ひがい》を抑《おさ》えることができるのならばそれに越《こ》したことはないとも考えています」

「クロノ様の懸念《けねん》は分かりましたが……。その調査には犯人の捕縛《ほばく》も含《ふく》まれていると考えてもよろしいでしょうか？」

はい、とクロノは頷いた。

「相手が抵抗《ていこう》した時は？」

「刃物《はもの》などを振り回して抵抗された時は自分達《たち》の身の安全を優先して下さい。あと、ありえないとは思うのですが、万が一、シルバートンの商人と繋《つな》がりがあった場合、調査を邪《じゃ》魔《ま》される可能性があります。その時は背後関係を洗って頂けると嬉《うれ》しいです」

「承知いたしました。慎《つつし》んでご依頼をお受けいたします」

「じゃあ、今から契約《けいやく》内容について話し合いましょう。時間は大丈夫《だいじょうぶ》ですか？」

「問題ありません」

シフの言葉にクロノは内心胸を撫《な》で下ろした。これで妨害に遭《あ》った時に対応できるし、難癖を付けられてもクロノに依頼を受けていたと抗弁《こうべん》できる。

第四章 『革新』

帝国暦《ていこくれき》四三二年四月八日朝――やッ！　という掛け声でケインは目を覚ました。体を起こし、ぼりぼりと頭を掻く。寝覚《ねざ》めはいい方なのだが、自分のリズムで起きられなかったせいだろう。頭がボーッとする。たぁッ！　と掛け声が響く。それで少しだけ意識がしゃっきりとした。

「ったく、クアントのヤツ……」

ケインはぼやき、ベッドから下りた。部屋から出て、階段を下りた所でウェスタと出くわす。シンプルなネグリジェを着ているが、胸が大きいせいか色っぽく見える。

「おはようさん」

「おはようございます」

ウェスタはぺこりと頭を下げ、手の甲《こう》で目元を擦った。

「俺《おれ》は外に出てくる」

「危ないことはしないで下さいね？」

「朝っぱらから大声を出すなって注意してくるだけだ」

ははは、とウェスタは困ったように笑った。ケインは欠伸《あくび》をして玄関《げんかん》に向かった。外に出ると、クアントが木の棒を剣に見立てて素振《すぶ》りをしていた。

「やぁ！　やぁッ！　とりゃぁぁぁッ！」

「うるさいから止めろ」

ケインが声を掛けると、クアントは素振りを止めた。

「俺は戦士だ。戦士が剣の訓練をして何が悪い」

「そういう言葉はな、一人前のヤツが吐くもんだ。お前は代官所の丁稚《でっち》だろ？」

「丁稚じゃない！　戦士だッ！」

「どうでもいいから朝から大声を出すな。静かに掃除《そうじ》をしろ」

クアントが声を荒《あら》らげるが、ケインは相手にしなかった。舐められていると思ったのだろう。クアントがムッとしたような表情を浮かべる。だが、その表情はすぐに笑みに変わった。よからぬことを考えている顔だ。

「俺に言うことを聞かせたいなら勝負だ！」

「あのな、俺はお前に勝っただろ」

「まぐれで勝ったくらいで調子に乗るな。俺が本気を出せばお前なんか……」

「分かった。そこまで言うなら戦ってやる。その代わり、俺が勝ったら掃除をしろよ？」

「戦士に二言はない」

　クアントが木の棒を構え、ケインは足下を見た。箒《ほうき》が目に留まる。ケインは箒を手に取り、クアントに向き直った。

「それで、戦うつもりか？」

「これで十分だ」

「その言葉、後悔させてやるッ！」

「とっとと掛かってこい。こっちは忙《いそが》しいんだ」

　ケインが手招きすると、クアントは距離を取った。黒い光が蛮族《ばんぞく》の戦化粧のように体を彩る。刻印術《こくいんじゅつ》だ。やはり、恐怖《きょうふ》は感じない。クアントが身を屈め、地面を蹴る。ケインは箒を傾《かたむ》け、柄《え》の先端《せんたん》をクアントに向けた。

「うわッ！」

　クアントは声を上げ、尻餅《しりもち》をついた。立ち上がろうとするが、それよりも速く箒の柄の先端を首元に突きつける。

「俺の勝ちだな」

「卑怯《ひきょう》だ！」

「尋常《じんじょう》な勝負だっただろうが」

ケインがうんざりした気分で言うと、クアントは口惜しげに呻いて刻印を消した。

「クッ、どうして……。刻印もないただの男に……」

「そりゃ、お前が弱いからだ」

「何だと⁉」

クアントが声を荒らげる。だが、ケインは構わずに箒を担《かつ》いだ。

「お前は刻印術に頼りすぎなんだよ。いや、その刻印術だってまともに使いこなせてねぇ。大体、今のは何だ？　刻印術は場ってのを操作して攻撃を防ぐんだろ？　それなのに全く抵抗を感じなかったぞ」

「知ったような口を利《き》くな！　場での防御《ぼうぎょ》は弱いヤツがやることだッ！」

「闇の剣だってまともに使いこなせなかったくせによく言うぜ」

「ぐッ、それは……」

ケインが指摘《してき》すると、クアントが口籠もった。

「要するにお前は半人前なんだよ。戦士を名乗りたけりゃ刻印術を使うのを止めて、地力を鍛《きた》えろ、地力を」

「いつか吠え面《づら》をかかせてやる」

「楽しみに待ってるぜ。ほれ」

「──ッ！」

ケインが箒を放《ほう》り投《な》げると、クアントは慌《あわ》てふためいた様子でキャッチした。

「何だ、これは？」

「俺が勝ったら掃除をするって約束だっただろ？　もう忘れちまったのか？」

「……覚えてる」

クアントはムッとしたように言った。

「掃除をしろ」

「………………分かった」

クアントはかなり間を置いて答えた。

※

「失礼します」

そう言って、アリアはテーブルの上に料理を並べ始めた。今日の料理はパンと野菜がたっぷり入ったスープ、サラダ、焼いた魚の切り身だ。アリアが料理を並べ終えて席に着き、ケインは視線を巡《めぐ》らせた。ウェスタとロナも席に着いているが、クアントの姿はない。まだ掃除をしているのだろう。しばらくしてクアントが食堂に入ってきた。空いている席に着き、パンに手を伸《の》ばす。

「クアント……」

「ぐッ、分かってる」

ケインが名前を呼ぶと、クアントは手を引っ込めた。

「いただきます」

「「「「いただきます」」」」

ケインの言葉にウェスタ、ロナ、アリア、クアントの四人が続く。クアントがパンに手を伸ばし、齧《かじ》りつく。

「クアントちゃん、美味《おい》しい？」

「……」

アリアが問いかける。だが、クアントは無言だ。無視している訳ではない。無言で頭を振っている。もぎゅもぎゅとパンを咀嚼《そしやく》し、ごくりと呑み込む。

「はい、どうぞ」

「……」

アリアが水の入ったカップを差し出し、クアントはカップを手に取った。ぐびぐびと水を飲み、プハーッと息を吐《は》く。

「お前は本当に遠慮《えんりょ》がねーな」

「俺はちゃんと働いている」

「そうだな。ちゃんと働いてるな。明日からはちゃんと掃《は》き掃除もやってくれ」

「……」

多少の皮肉を込めて言うが、クアントは答えない。

「仕事をするつもりがねーのか？」

「違う。いつ剣術《けんじゅつ》の訓練をすればいいのか考えてたんだ」

「仕事が終わってからでいいじゃねーか」

「それじゃ、訓練が少ししかできない」

「訓練時間より効率だと思うが……」

そういえば、とケインはロナに視線を向けた。すると、視線に気付いたのだろう。ロナが魚を切り分ける手を止め、こちらに視線を向ける。

「何でしょう？」

「ロナがどうやって剣術を身に付けたのか聞きたくてな。やっぱり、道場とかに通って身に付けたのか？」

「いえ、うちは貧乏《びんぼう》でしたので父から教わりました」

「いいお父さんですね」

「――ッ！」

ウェスタがあっけらかんと言い、ウェスタはぎょっと彼女を見た。

「私、変なことを言いました？」

「いえ……」

ロナはくいっと眼鏡を上げ、ケインを見た。

「ケイン様は傭兵だったと聞きましたが、何処《どこ》で剣術を？」

「何処でって言われると困っちまうな。ガキの頃、木の棒を振り回して戦争ごっこをしたが、あれは剣術の訓練に入らねーし」

ケインは頬《ほお》を掻いた。村を追われ、自称《じしょう》・傭兵団に入った後も剣術を教わったことはない。仲間内で訓練はしたが――。

「ほぼ我流《がりゅう》だな」

「我流だと⁉」

「それがどうかしたのか？」

クアントが声を荒らげ、ケインはその理由を尋《たず》ねた。

「そんなヤツに俺は負けたのか」

「そんなヤツって……。これでも、実戦経験はそれなりに積んでるんだぜ」

「なるほど、我流剣術《がりゅうけんじゅつ》ということですか」

「それってすごいんですか？」

ロナが納得《なっとく》したように言い、ウェスタは不思議そうに首を傾《かし》げた。ロナはウェスタに視線を向け、思案するように唇に触《ふ》れた。

「我流剣術がすごいという訳ではなく、ケイン様がすごいということです」

なるほど、とウェスタは全く分かってない様子で頷《うなず》いた。

※

ケインは服を着替《きが》え、宿舎を出た。門の外には十人余りの人々が列を成している。ちなみに先頭にいるのはシアナだった。

「クアント、門を開けるぞ！」

「……」

返事はない。だが、視線を感じる。振り返ると、クアントが宿舎の陰からこちらを見ていた。小さく溜息を吐く。

「さっさと来い」

「父上は？」

「いない」

ケインは身を乗り出して門の外に並ぶ人々を見た。シフの姿はない。

「そうか」

クアントはホッと息を吐くとこちらにやって来た。手に木の棒を持っている。

「いい加減に慣れろよ」

「俺は戦士だ」

クアントは俯《うつむ》き、拳《こぶし》を握り締めた。

「だから何だよ？」

「こんな仕事をしているなんて恥《はじ》だ」

「そうか？　傭兵の仕事なんてこんなもんだぞ？」

「嘘だ。お前は大した傭兵じゃなかったからそんなことを言うんだ」

ケインが首を傾げながら言うと、クアントはそっぽを向いた。

「そりゃ俺は大した傭兵じゃなかったけどよ。お前は傭兵に夢を見すぎだ」

「そんなことはない！」

クアントが声を荒らげ、ケインはやれやれと頭を掻いた。

「俺は一人前の戦士として扱《あつか》われたいんだ」

「だったらまずはちゃんと仕事をしろ」

ケインはぽんぽんとクアントの頭を撫で、門に歩み寄った。門を開けると、クアントは木の棒を片手に前に出た。

「これから受付を始める！　列になって代官所に入れッ！　割《わ》り込みは駄目《だめ》だぞ！　割り込んだヤツは列の一番最後にするからなッ！」

クアントが声を張り上げると、門の外にいた人々が代官所の敷地内《しきちない》に入ってきた。契約の立ち合いを希望するだけあって順法精神旺盛《おうせい》なのだろう。指示に従って歩を進める。これなら大丈夫そうだ、とケインは代官所に向かった。

玄関から中に入ると、メアリーが新規希望者から契約書《けいやくしょ》を受け取り、ケイトがリストをチェックしながらこれから契約式を行う人々の対応をしていた。二人とも忙しそうだ。邪魔をしないように二階に上がる。待合室にいる商人に軽く頭を下げ、契約式を行う部屋に入る。すると、ウェスタは扉《とびら》の近くの席に、ロナは奥《おく》の席に着いていた。ケインはウェスタに声を掛ける。

「保管庫から契約書を持ってきてるな？」

「はい、リストのチェックも済んでます」

ウェスタは何処となく自信を感じさせる態度で言った。よしよし、とケインは頷き、奥の席に向かった。どっかりと席に腰《こし》を下ろす。

「よろしいでしょうか？」

「ああ、頼《たの》む」

ケインが頷くと、ロナはウェスタに視線を向けた。ウェスタは小さく頷き、イスから立ち上がった。

※

夕方――ケインは契約書のチェックを終えるとイスの背もたれに寄り掛かった。これで今日の仕事は終わりだ。深い溜息を吐く。チェックするのにそれほど時間は掛からないが、やはり共通の書式が必要なのではないかと思う。
「共通の書式に変更《へんこう》ってなると……」

まずクロノに相談し、これまで預かった契約書を精査して素案を作成、シッターにチェックしてもらって――、とやるべきことを指折り数えてうんざりした気分になる。さらにこんなに手間が掛かるのならば今のままでもいいのではないか、自分達が我慢《がまん》すれば、商人に負担を掛けない方が、とやらない理由を考えてしまう。代官がそんなことでどうすると、頭を振る。その時、トントンという音が響《ひび》いた。扉を叩《たた》く音だ。

「開いてるぜ！」

「……失礼いたします」

居住まいを正して声を張り上げる。すると、メアリーが扉を開けた。机の上に契約書を広げているせいだろう。廊下《ろうか》から声を掛けてくる。

「シフ様がいらしています」

「シフが？」

「アポはありませんが、如何《いかが》なさいますか？」

「会うぜ。一階の応接室に行けばいいのか？」

「はい……」

「すぐに行くって伝えてくれ」

「承知いたしました」

メアリーは一礼して扉を閉めた。ケインは契約書を持って執務室《しつむしつ》を出た。契約書を保管庫にしまい、応接室に向かう。クロノから聞いた話を思い出す。クアントの件でシフが謝罪に来たと言っていた。その時に街道《かいどう》のくぼみに関する調査を依頼したとも。恐《おそ》らく、そのどちらかの件できたのだろう。

階段を下りて応接室に入ると、シフがソファーに座《すわ》っていた。対面の席に座るが、シフは黙《だま》り込《こ》んだままだ。仕方がなく自分から話を切り出す。

「調査の件か？」

「いや、クアントの件だ。迷惑《めいわく》を掛けて済まなかった」

「頭を下げられるようなことはしてねーよ」

シフが頭を下げ、ケインは顔を背《そむ》けた。あれはケインが勝手にやったことなのだ。頭を下げられると困ってしまう。

「そうか」

「そうだよ。つか、わざわざそんなことを言いにきたのか？」

「いや……」

シフは首を横に振り、再び黙り込んだ。ややあって、口を開く。

「あれは上手《うま》くやっているだろうか？」

「まあまあ上手くやってるんじゃねーかな？」

「そうか」

ケインが首を傾げながら言うと、シフが安堵《あんど》したかのような表情を浮《う》かべた。

「勘当したくせに気に掛けてるんだな」

「気に掛けている訳ではない」

「本当かよ」

「本当だ。疑うのならクアントを焼くなり煮《に》るなり皮を剥《は》ぐなりして試してみろ」

「できるか！」

ケインは思わず叫《さけ》んだ。それでも親か、と言いたい。

「そういや、なんでクアントを連れてきたんだ？　どうせならもっとまともなヤツの方がよかったんじゃねーの？」

「先代――私の父はクアントを可愛《かわい》がっていてな。孫を可愛がる分には問題ないと放置していたのだが、最近になってクアントを次の族長にすると言い出した」

「お家騒動《そうどう》か」

ケインは顔を顰《しか》めた。傭兵ギルド、いや、諸部族連合《しょぶぞくれんごう》にも色々あるようだ。

「けど、それじゃ勘当はマズいんじゃねーか？　一応、クアントは族長候補なんだろ？」

「先代が勝手に盛り上がっているだけだ。それに、先代には何もできん。何もできないように実権を奪《うば》った」

「だったら……。いや、そう単純な問題でもねーか」

クアントを連れ出す必要はなかったんじゃないかと言おうとして思い直す。数は力なり──実権がなかろうと、実態が役立たずの集まりだろうと、クアントを象徴《しょうちょう》に据《す》えて派閥《はばつ》を作られたらそれだけで厄介《やっかい》なことになる。

「お家騒動になる前に連れ出したってことか」

「概《おおむ》ねその通りだ。まあ、親として広い世界を知って欲《ほ》しいという思いもあったが……」

ふ〜ん、とケインは相槌《あいづち》を打った。意外に人間味があるのだなと思う。演技の可能性もあるが、親子の情まで疑っても仕方がない。そんなことを考えていると、扉を叩く音が響いた。応接室で声を張り上げるのもどうかと思い、ソファーから腰を浮かす。すると、扉が開いた。扉を開けたのはエレインだ。メアリーとケイトは何をしていたんだと思わないでもないが、きっと止められなかったのだろう。

「失礼するわ」

「何の用だ？」

「つれないわねぇ」

そう言って、エレインはケインの隣のソファーに座った。しな垂《だ》れ掛かってきたので距《きょ》離《り》を取ろうとするが、肘《ひじ》掛《か》けに阻《はば》まれる。

「それで、何の用だ？」

「私の職業は？」

「……情報屋」

「もっと素早《すばや》く答えてほしかったけど、まあいいわ。及第点《きゅうだいてん》をあげる」

「ありがとよ。で、どんな情報を持ってきてくれたんだ？」

「それは……」

「クアントちゃんの情報よ」

エレインはケインから離《はな》れると優雅《ゆうが》に脚《あし》を組んだ。

「クアントの？」

「あら、まだ気付いてなかったの？」

ケインが鸚鵡《おうむ》返《がえ》しに呟《つぶや》くと、エレインは呆《あき》れたように言った。

「何のことだ？」

「クアントちゃんは何処にいるのかしら？」

「そりゃ外か、宿舎にいるんじゃねーか？」

「それなら私が来るわけないでしょ」

エレインは溜息交《ためいき》じりに言った。

「何処にいるんだ？　ああ、駆《か》け引きはなしだ。答えだけ言ってくれ」

「檻《おり》の中よ」

は⁉　とケインは思わず聞き返した。

「だから、檻の中よ。仕事を紹介《しょうかい》してやるって騙《だま》されて連れ去られたの」

「広い世界を知って欲しいとか話してたのに檻の中かよ。つか、止めろよ」

「その場にいなかったのにどうやって止めればいいのよ。よしんばその場にいたとしても私は戦闘《せんとう》の素人《しろうと》よ。殺されるか、一緒《いっしょ》に攫《さら》われるかして終わりよ」

「それはそうだが……」

ケインは口籠もった。正論だ。反論の余地がない。

「居場所は掴《つか》んでるんだよな？」

「ここから少し離れた原生林の中よ」

「情報をただ売りしていいのか？」

「偶《たま》には、ね」

エレインは悪戯《いたずら》っぽく微笑《ほほえ》み、髪《かみ》を掻《か》き上げた。シフに視線を向ける。

「すぐに助けに行くぞ」

「残念だが、それはできない」

「この状況《じょうきょう》で勘当したとか言うなよ？」

「仕事が入っている」

「お前――――ッ！」

シフの言葉に怒《いか》りが込み上げるが、辛《かろ》うじて自制する。怒《おこ》っても仕方がないし、エドワードのことを思い出したからだ。あの男はシフが座るべきイスを狙《ねら》っていた。ここでシフがクアントを優先すれば付け入る隙《すき》を与《あた》えることになる。

「分かった。クアントの救出はこっちでする」

「まさか、一人で行くつもり？」

「んな訳ねーだろ。クロノ様に報告して応援《おうえん》を寄越《よこ》してもらうんだよ」

「間に合うの？」

「ああ、いつでも部隊を動かせるようにしてるってよ」

ケインはエレインの問いかけに答え、ソファーから立ち上がった。

※

夜――デリンクは苛立《いらだ》ちを堪《こら》えながら酒を呷《あお》った。エルフの妙薬《みょうやく》と呼ばれる酒だ。水や果汁《かじゅう》で割ると喉越《のどご》しがよくなるが、デリンクは生《き》で飲むことを好んだ。理由は単純、この方が早く酔《よ》えるからだ。もう酔いが回っているのだろう。苛立ちが少しだけ和《やわ》らいだような気がした。だが、小屋の中を見回すと和らいだはずの苛立ちが再び募《つの》り、暗澹《あんたん》たる気分が湧《わ》き上がってくる。

カド伯爵《はくしゃく》領に来て、一週間余りが経《た》つ。カド伯爵領に行けば儲《もう》けられると聞いたからだが、選択《せんたく》を誤ったのではないかと感じ始めている。この街の商人はデリンク達と取引をしたがらないのだ。話が纏《まと》まりそうでも代官所で契約式をと言い出す。それを断ると、この話はなかったことにと立ち去ってしまうのだ。なんてがめつい商人なのだろう。自分は臨時報酬《ほうしゅう》が欲しいだけなのに。

別働隊の戦果も捗々《はかばか》しくない。くぼみに嵌まった荷馬車を襲撃《しゅうげき》しようとしてもすぐに騎《き》兵隊《へいたい》がやって来て助け出してしまう。このくそったれな領地はデリンク達――傭兵が儲けられないようにできているのだ。

デリンクは再び酒を呷り、小屋の中を見回した。部下は楽しそうに酒を飲んでいる。まるで悩みなどないかのようにだ。その脳天気さに苛立ちを覚え、小屋の隅《すみ》にある檻を見てさらに苛立ちを覚える。檻の中には子どもがいる。仕事を紹介してやると言ったらほいほい付いて来た馬鹿《ばか》ガキだ。苛立ちを紛《まぎ》らわせるために内臓がひっくり返るくらい無茶苦茶《むちゃくちゃ》に犯《おか》してやりたかったが、そんなことをしたら大赤字確定だ。

くそッ、と吐き捨て天井《てんじょう》を見上げる。生まれる時代を間違《まちが》えたとつくづく思う。あと二十年、いや十年早く生まれていたら自分もラマル五世に重用されて貴族になっていたはずだ。自分にはそれだけの才覚がある。だが、現実はどうだろう。原生林の小屋で、馬鹿な部下に囲まれ、手酌《てじゃく》で酒を飲んでいる。しかも、選択を誤ったなどと後悔《こうかい》しながら。本当に嫌《いや》になる。気分を紛らわせようと酒を呷ったその時、コツという音が響いた。雨でも降ってきたのかと視線を巡らせ、地面に何かが落ちていることに気付いた。宝石、いや、ガラス玉だろうか。とにかく、透明《とうめい》な球体だ。

デリンクは立ち上がり、無色透明《むしょくとうめい》の球体に歩み寄った。膝《ひざ》を突《つ》いて手を伸ばした次の瞬《しゅん》間《かん》、透明な球体が炸裂《さくれつ》した。視覚と聴覚《ちょうかく》が一瞬《いっしゅん》で奪われる。それだけではない。平衡《へいこう》感覚もだ。今、自分がどんな姿勢でいるかも分からない。

体に振動《しんどう》が伝わる。一体、何が起きているのか。分からない。分からないまま体を強《こわ》ばらせる。そこに痛みが生じる。殴《なぐ》られている。それも何度も。だが、何もできない。視覚と聴覚、平衡感覚まで奪われているのだ。そんな状況で何ができるのか。デリンクにできるのは痛みに耐《た》えることだけだ。

※

『――俺達《おれたち》、敵、制圧。人質《ひとじち》、無事』

隣《となり》から声が響く。通信用マジックアイテムを介《かい》した声だ。どうやらシロ達――クアント救出部隊は敵を制圧することに成功したようだ。五人の敵に対して十人の突入《とつにゅう》部隊と十人の支援《しえん》部隊を投入したのだから当然と言える。問題はどれだけの損害を被《こうむ》ったかだ。ケインは胸を押《お》さえながら隣に立つミノに視線を向けた。クロノの姿はない。これも当然のことだ。相手は五人、盗賊《とうぞく》団と呼ぶのも烏滸《おこ》がましい規模だ。特別な事情がない限り、この程度の相手に領主が出張ることはない。

「シロ、負傷者は？」

『負傷者、ない』

ミノの問いかけにシロが答え、ケインはホッと息を吐いた。閃光《せんこう》と爆音《ばくおん》で敵を無力化すると聞いた時は本当に無力化できるのか不安だったが、突入部隊に損害がないとなれば言うことはない。だが、ミノは緊張《きんちょう》を保ったまま指示を出した。

「ナスル、周辺の状況は？」

『敵の増援《ぞうえん》が来る気配はない。念のためしばらく周囲を警戒《けいかい》する』

「頼んだぞ。シロ、ハイイロ、捕虜《ほりょ》を連れて来い。抵抗したら殺していい」

『了解《りょうかい》した』

『『俺達、了解』』

　ミノが通信用マジックアイテムをポーチにしまい、ケインは声を掛《か》けた。

「お疲《つか》れさん」

「お疲れってほど疲れちゃいやせんぜ。むしろ、移動の方が疲れたくらいでさ」

「はは、そいつは頼もしいな」

　ケインは笑った。その時、ガサッという音が響いた。木の枝が擦《こす》れ合う音だ。剣《けん》の柄に触れ、原生林に視線を向ける。ガサガサッという音が響き、シロ達が姿を現した。もちろん、後ろ手に拘束《こうそく》された誘拐犯《ゆうかいはん》も一緒だ。誘拐犯が暴れてもいいようにだろうか。離れた所で立ち止まる。

「ミノ副官、誘拐犯、連れてきた」

「手錠《てじょう》、拘束してる」

「よし、誘拐犯共を荷馬車に積め。シルバートンに戻《もど》るぞ」

「「了解！」」

ミノが命令すると、シロとハイイロは誘拐犯を連れて荷馬車に向かった。そこで、ケインはクアントがいないことに気付いた。

「おい、クアントは⁉」

「ナスル、一緒！」

ケインが大声で叫ぶと、シロが叫び返した。ややあってまた茂《しげ》みが揺《ゆ》れ、ナスル達が姿を現す。クアントも一緒だが――。

「なんで、裸《はだか》なんだよ」

「一応、上着は羽織ってやすぜ」

ケインが片手で顔を覆《おお》って言うと、ミノから訂正《ていせい》が入った。指の間からクアントの様子を確認《かくにん》する。ナスルが貸したのだろう。軍服の上着を羽織っている。だが、エルフであるナスルの上着ではその下に何も着ていないことが丸わかりだ。もちろん、それはクアントも分かっていて両腕《りょううで》で肌《はだ》を隠《かく》そうとしている。しかし、クアント――華奢《きゃしゃ》な少女のそれで隠しきれるものではない。

「ミノ、上着を貸してもらえねーか？　ナスルの上着じゃ小さすぎる」

へい、とミノは返事をしてクアントに歩み寄った。上着を脱《ぬ》いで差し出す。クアントが

上着を受け取り、ケインは顔を背けた。頃合《ころあ》いを見計らって向き直ると、クアントがミノの上着を着て立っていた。これで肌を隠すことができた。だが、参った。掛ける言葉が見つからない。

「まあ、なんだ、無事でよかったよ」

「無事じゃない！　お前にはこれが無事に見えるのか⁉」

何とか言葉を絞《しぼ》り出すと、クアントは涙目《なみだ》で叫んだ。

「何かされたのか？」

「服を剥ぎ取られて、檻に閉《と》じ込められた」

「それだけか？」

「それだけ⁉　俺は辱《はずかし》めを受けたんだぞ！」

「悪ぃ、デリカシーが足りなかった」

ケインは自分が想像する最悪の事態を避《さ》けられたことに安堵しながら謝罪した。

「けど、どうしてあんな連中に捕《つか》まったんだ？　裸で檻に閉じ込められたって言っても刻印術を使えば逃《に》げられただろ？」

「お前が刻印術を使うなって言ったんじゃないか！」

「あのな――」

「二人とも喧嘩《けんか》は止めて下せぇ」

ケインが言い返そうとすると、ミノが割って入った。それで少しだけ冷静になることができた。だが、クアントはムッとしたような表情でミノを見ている。

「お前は何だ？」

「あっしはクロノ様──領主様の副官でミノと申しやす。アリアがお世話になってやす」

「お前はアリアの──」

「不肖《ふしょう》の兄でさ」

ミノは照れ臭《くさ》そうに頭を掻いて言った。

「さあ、行きやしょう」

「行くって何処に？」

「シルバートンに決まってまさ。アリアが心配してやすし、落とし前は付けなきゃなりやせん。クアント殿《どの》もそう思いやせんか？」

「……思う」

ミノが獰猛《どうもう》な笑《え》みを浮かべて言うと、クアントはやや間を置いて頷いた。

「分かってるなら話は早《はえ》ぇや。ささ、こちらへ。馬車を用意してやす」

「分かった」

ミノが手の平で馬車のある方向を示すと、クアントは渋々《しぶしぶ》という感じで歩き始めた。

※

深夜――ケインは代官所に戻ると自身の執務室に向かった。超長距離《ちょうちょうきょり》通信用マジックアイテムの端末《たんまつ》を持って外に出る。すると、ミノとクアントの姿があった。ケインが超長距離通信用マジックアイテムの端末を取りに行っている間に着替えたのだろう。クアントはシンプルなネグリジェを着ている。二人の前には五人の誘拐犯が並んでいる。後ろ手に拘束された上、シロ達《たち》に押さえ付けられている。さらにその後ろには七人の男女がいた。まずエレイン、次に行商人組合《ぎょうしょうにんくみあい》のトマス、ピクス商会のニコラ、アサド商会のデネボラ、ケレス商会のヨハン、イオ商会のガレオ、そして、ベイリー商会のエドワードだ。ケインはミノに歩み寄り、超長距離通信用マジックアイテムを差し出した。

「すまねーが、こいつを持っててくれ」

「分かりやした」

ミノは超長距離通信用マジックアイテムの端末を受け取ると宝石を扱うように両手で支えた。ケインは静かに超長距離通信用マジックアイテムの端末に話しかけた。

「こちら、ケイン。クロノ様、聞いていらっしゃいますか？」

『うん、聞いてるよ』

超長距離通信用マジックアイテムの端末からクロノの声が響き、商人達がどよめく。

『その分だと、救出作戦は無事に終わったみたいだね』

「はい、クロノ様が応援を寄越して下さったお陰《かげ》です。クアントは無事、救出部隊にも損害はありません」

『それはよかった』

クロノが安堵したように言い、ケインは口を開いた。

「これより裁判を行いたいと思います。夜分遅《おそ》く申し訳ございませんが、初めての経験ですので、お力添《ちからぞ》え頂きたく存じます」

『分かったよ』

「ありがとうございます」

ケインは超長距離通信用マジックアイテムの端末に一礼して誘拐犯に向き直った。

「これから裁判を行う！　首謀者《しゅぼうしゃ》は誰《だれ》だ⁉」

「俺《おれ》だ」

開廷《かいてい》を宣言し、誘拐犯に問いかける。すると、シロとハイイロに押さえ付けられていた男が名乗り出た。正直にいえば意外だった。自分で問いかけておいてなんだが、名乗り出るとは思わなかったのだ。

「名前は？」

「デリンク、デリンク・エンツ・ノーティワン」

「聞いたことがねーな」

男――デリンクが拗《す》ねたように言い、ケインは首を傾げた。ノーティワンという姓《せい》はもちろん、デリンクという名前にも聞き覚えがない。流れ者と考えるべきだろう。それもエレインの情報網《じょうほうもう》に引っ掛からないような小物の。

「まあ、いい。デリンク・エンツ・ノーティワン――お前は俺の部下を誘拐《ゆうかい》して奴隷《どれい》商人に売ろうとした。間違いねーな？」

「俺はそんなことをしていない。そのガキは自分で自分を売ろうとしたんだ」

ケインが罪状を問い質《ただ》すと、デリンクは否認《ひにん》した。当然といえば当然の反応だが、収まらなかったのはクアントだ。足を踏《ふ》み出して叫ぶ。

「嘘《うそ》を吐くな！　お前は仕事を紹介してやるって言ったッ！」

「お前こそ嘘を吐くんじゃねぇ！　お前は自分で自分を売ろうとしたんだッ！　それとも、俺達が嘘を吐いているってのか⁉」

「そうだ！　俺達は嘘なんて吐いてねぇッ！」

「嘘を吐いてるってんなら証拠《しょうこ》を出せ！」

「そうだ！　証拠ッ！」

「俺達を陥《おとしい》れるつもりだ！」

デリンクとその部下が口々に叫ぶ。ケインは小さく溜息を吐き――。

「うるせぇ」

「「「「……」」」」

ぼそっと呟いた。すると、デリンク達は黙り込んだ。ケインの迫力《はくりょく》に圧《お》されてのことではない。少しでも心証をよくして刑《けい》を軽くしたいと考えてのことだ。もちろん、軽い刑になった後は逃げ出すつもりだろう。

「残念だが、デリンク――お前達の言い分を認めることはできねぇ」

「何だと!?」

「代官所にお前とクアントが契約《けいやく》を交《か》わした記録は残ってねーからだ」

デリンクが声を荒《あら》らげるが、ケインは平然と返した。ぐッ、とデリンクが口惜《くや》しげに呻《うめ》く。観念したのか。いや、この手の輩《やから》は最期《さいご》までみっともなく――無理筋でも自身の理屈《りくつ》を押し通そうとするものだ。

「なら拘束を解いてくれ」

「何を言ってるんだ、お前は？」

「俺たちの言い分は記録がないから認められなかった。だったら、そのガキの言い分だって認められないはずだ」

そう言って、デリンクは勝ち誇《ほこ》ったような笑みを浮かべた。契約を交わした記録が残っていない以上、誘拐と監禁《かんきん》の罪で処罰《しょばつ》するだけなのだが、デリンクは無罪放免《ほうめん》になると考えているようだ。

さて、どうしたものか。このまま誘拐と監禁の罪で処罰してもいいのだが、街道のくぼみの件もある。正直、デリンクと街道のくぼみが無関係とは思えないのだ。さらにエドワードの件もある。エドワードが裏で糸を引いていると考えるのはこじつけがすぎるだろうか。そんなことを考えていると、ガラガラという音が聞こえた。車輪の音だ。音のした方を見ると、荷馬車が門の外に止まる所だった。乗っているのはシフ達だ。シフ達は荷馬車から降りると、一人の男を引き立ててきた。

「夜分遅く失礼する！」

シフが声を上げると、エレイン達が道を譲《ゆず》るように移動した。シフ達はデリンクからやや離れた所で立ち止まり、男を跪《ひざまず》かせた。応接室での遣《や》り取《と》りを思い出す。

そういうことか。あの時は冷静に考えられなかったが、シフが言っていたのはクロノの依頼《いらい》だったのだ。だが、自分の娘《むすめ》が誘拐された状況で優先すべきことだろうか。いや、違《ちが》うか。この状況で調査を優先する必然性があったと考えるべきだ。そう考えると、引き立てられてきた男が何者なのか見えてくる。

ケインはエレイン達――シルバートンの有力者に視線を向けた。彼女達《かのじょたち》にも分かるようにしなければならない。こんなことならば打ち合わせをしておけばよかったと後悔の念が湧き上がる。だが、今更《いまさら》だ。出たとこ勝負するしかない。

「その男は？」

「ご存じかと思いますが、我々――傭兵《ようへい》ギルドはクロノ様より依頼を受け、街道のくぼみに関する調査をしておりました。本日も調査を行っていたのですが、偶然街道《ぐうぜんかいどう》を掘《ほ》り返している男達と遭遇《そうぐう》しました」

ケインが尋ねると、シフは流れるように説明した。実際は泳がせていたのだろうが、意味がないので問い質しはしない。

「男達？」

「他に四名いましたが、武器を抜《ぬ》いて抵抗《ていこう》したのでやむなく……」

「そうか。契約内容については聞いてるから、四人を殺した件については罪に問わねーけどよ。今は別件——お前の娘が誘拐された件で審理《しんり》中だぜ？なんで、このタイミングで連れてきたんだ？」

「それはこの男が無関係ではないからです」

シフはケインの質問に答えると、ベアに視線を向けた。彼《かれ》は小さく頷き——。

「さっき、俺達に言ったことをもう一度言え！　何故《なぜ》、街道を掘り返したッ！」

「わ、分かった！　言う！　言うからッ！」

男を怒鳴《どな》りつけ、腕《うで》を捻《ひね》り上げた。すると、男は悲鳴じみた声を上げた。

「力を緩《ゆる》めてくれ！」

「話したら緩めてやる」

懇願《こんがん》する男にベアは無慈悲《むじひ》に告げた。

「俺達は——商人を襲《おそ》うために街道を掘り返してたんだ！」

「誰の命令だ！」

「それは……」

「言え！」

男が口籠《くちご》もると、ベアはさらに腕を捻り上げた。骨の軋《きし》む音が響く。

「デリンクだ！　そこにいるデリンクに命令されたんだッ！」

「俺はそんなヤツ知らねぇ！」

「嘘を吐《つ》かないでくれ！　カド伯爵領に行こうって言ったのも、商人を襲おうって言ったのも兄貴じゃねーか！　子どもを攫って変態に売りつけようって言ったのも兄貴だッ！」

男は捲《まく》し立てるように言い、がっくりと頭《こうべ》を垂れた。ベアが拘束を緩めたのだ。

「なるほど、確かに無関係じゃねーな」

「はい……」

シフが神妙《しんみよう》な面持《おもも》ちで頷《うなず》き、ケインはデリンクに視線を向けた。

「お前の部下はこう言ってるが、言いたいことはあるか？」

「知らねぇ！　俺は知らねぇッ！　俺を裁きたいのなら証拠を出せ！　証拠をッ！　証拠もなしに裁こうなんて横暴だ！　横暴ッ！」

「そうだ！　横暴ッ！」

「横暴！　横暴ッ！」

ケインが問いかけると、デリンクとその部下は大声で喚《わめ》いた。半ば予想していた反応だが、実際にやられるとうんざりする。少し痛い目に遭《あ》わせた方がいいだろう。深々と溜息を吐き、シロに視線を向ける。

「シロ、指を……」

「了解。ハイイロ、力、込める」

「分かった。俺、力、込める」

ハイイロが力を込めると、シロはデリンクの手を掴み、腰の短剣《たんけん》を抜いた。

「や、止めろ！　何をするつもりだ⁉」

「俺、命令、従う」

「止めろ！　止めろ止めろ止め――ぐぎぃッ！」

デリンクが濁《にご》った悲鳴を上げる。当然か。指を切り落とされたのだ。悲鳴を上げるなという方が無茶《むちゃ》だ。シロはケインのもとにやって来るとデリンクの指を差し出した。

「指を折るくらいでよかったんだが……」

「俺、失敗」

ケインが口籠もりながら言うと、シロはデリンクの指を投げ捨て額を叩いた。沈黙《ちんもく》が舞《ま》い降《お》りる。気まずい沈黙だ。

「ふざけるな！　俺の指を切り落として失敗はねぇだろうがッ！　俺の指を戻せ！　戻しやがれ！　このくそ犬がッ！」

「次は間違えるなよ？」

「分かった。俺、間違えない」

デリンクが喚き、ケインは改めて指示を出した。シロは神妙な面持ちで頷くとデリンクの背後に移動した。

「止めろ！　何をするつもりだ⁉」

「俺、指、折る。大丈夫《だいじょうぶ》、次、間違えない」

「止めろ！　折るなッ！　小さい頃《ころ》、人の嫌がることをしちゃいけませんって教わらなかったのかよ⁉　止めろ止めろ止めて下さい――ぎゃぁぁぁッ！」

デリンクが喚くが、シロは取り合わない。ボキボキボキと音が響き、デリンクが悲鳴を上げた。一本でよかったのだが、口にはしない。デリンクが力尽《ちからつ》きたように頭を垂れるが、彼の部下は顔面蒼白《そうはく》で黙り込んでいる。よし、これで聞く準備が整った。ケインは咳払《せきばら》いをし、デリンク達を睥睨《へいげい》した。

「まず被害者《ひがいしゃ》であるクアントの身分は領主であるクロノ様と三人の貴族に保証され、エラキス侯爵領《こうしやく》とカド伯爵領においては領民と同等の権利を有する。また同領地において奴隷売買は許可制であり、無許可で奴隷売買を行った者は厳しく罰《ばっ》せられる。さらにデリンクとその部下は略奪《りやくだつ》を企図《きと》して街道を掘り起こしている。以上のことから首謀者であるデリンクは死刑《しけい》、その部下は奴隷商人に売却《ばいきやく》するのが妥当《だとう》と考える」

「恐れながら……」

ケインが沙汰《さた》を告げると、エドワードが静かに口を開いた。

「ベイリー商会エドワード、発言を許可する」

「ありがたく存じます」

ケインが超長距離通信用マジックアイテム越《ご》しに聞いているクロノにも分かるように言うと、エドワードはよく通る声で応じた。

「恐れながらケイン代官の判決は些《いささ》か甘《あま》すぎると愚考《ぐこう》いたします。シルバートンは商人と職人の街なればそれを脅《おびや》かす者には厳罰《げんばつ》を下すべきではないかと。私は全員死刑にするべきと考えます」

「ふざけるな！　どうして、俺が死刑にならなきゃならねーんだ⁉　ガキを騙して売るなんざ傭兵なら誰でもやってるッ！　それに、俺は騙されたんだ！　カド伯爵領なら儲けられるって騙されたんだよッ！」

「誰に騙されたんだ？」

「代官殿、戯《ざ》れ言《ごと》に耳を貸してはなりません」

ケインが問いかけると、エドワードが割って入った。もっともな提言だ。相手がエドワードでなければ聞き入れただろう。

「話を聞くだけだ。それで、誰に騙された？」

「知らねぇ。酒場で飲んでたら声を掛けてきたんだ。身なりのいい男だった」

「そうか」

やはり、素性《すじよう》がバレる真似《まね》はしていないか。ケインはエドワードに視線を向けた。汗《あせ》一つ掻いていないが、先程《さきほど》よりも余裕《よゆう》を感じさせる。それで、エドワードが裏で糸を引いていると確信した。残念ながら証拠がないので何もできないが。そんなケインの神経を逆なでするようにエドワードが口を開く。

「如何《いかが》なさいますか？」

「沙汰は変わらねぇ。デリンクは死刑、その部下は奴隷商人に売却する」

「承知――」

「ふざけるな！　情報を提供させるだけさせておいて殺すなんてひでぇじゃねーかッ！」

エドワードの言葉をデリンクが遮《さえぎ》る。だが、ケインは無視してミノ――正確にはミノが持つ超長距離通信用マジックアイテムの端末に向き直った。

「クロノ様、デリンクを死刑、その部下を奴隷商人に売却することとしました。よろしいでしょうか？」

『許可する』

「ありがたく存じます」

ケインは超長距離通信用マジックアイテムの端末に一礼してデリンクに向き直った。剣の柄《つか》に触《ふ》れると、デリンクはびくっと体を震《ふる》わせた。

「お、おい、本当に殺す気か？　アンタにゃ慈悲《じひ》の心がないのかよ⁉　アンタは犯罪者を部下に迎《むか》えたんだろ？　そうだ。俺が部下になってやるよ。いい取引だろ？」

「……」

俺は部下に迎えられた方だよと思ったが、口にはしない。これから殺す相手と言葉を交わしても意味がない。無言でデリンクに歩み寄って剣を抜く。

「や、止めてくれよ。止めて下さい。止めろ！　止めろって言ってるだろッ！」

「――ッ！」

デリンクが腰《こし》を浮かせ、ケインは剣を一閃《いっせん》させた。デリンクが動きを止め、シロとハイイロが肩《かた》を掴んで引き戻す。すると、デリンクの頭部が後ろに倒《たお》れた。エドワードがびくっと体を震わせる。首の皮一枚で胴体《どうたい》と繋《つな》がっているデリンクの頭と目が合ったのだ。エドワードが気まずそうに咳払いをする。少しだけ溜飲《りゅういん》が下がったが、それだけだ。エドワードがこちらを見る。

「代官殿、デリンクの配下をどの奴隷商人に売るか決めていらっしゃいますか？」

「いや……」

「でしたら我々にお任せ願えませんか？」

ケインが首を横に振《ふ》ると、エドワードは胸に手を当てて言った。正直にいえば任せたくない。だが、もう二度も提言を無視している。エドワードを警戒してのことだが、三度目ともなれば何も知らない商人達は自分達が軽《かろ》んじられていると考えることだろう。クロノの判断を仰《あお》ぐしかない。

「クロノ様、どうしますか？」

『危ない目に遭わせちゃったから傭兵ギルドに任せようと思ってたんだけど……』

う～ん、とクロノが唸《うな》る。恐《おそ》らく、この状況を最大限に利用する方法を考えているのだろう。上手《うま》くやらねば商人の反発を買う。だが、それは遠く離れたハシェルにいる――この場の雰囲気《ふんいき》を読めないクロノには難しい。だから、二の足を踏んでいる。となればケインが動くしかない。やはり出たとこ勝負になるが、意を決して口を開く。

「クロノ様、よろしいでしょうか？」

『うん、いいよ』

「ありがとうございます」

クロノから発言の許可が下り、ケインは礼を述べた。

「まず、デリンクの配下についてですが、ベイリー商会に任せたいと思います」

『でも、そうすると傭兵ギルドへの追加報酬がなくなるよ？』

「その件ですが……。今回の件で私は自分の無力さを痛感いたしました。シルバートンに自治を認めるというクロノ様の方針に異を唱える訳ではありませんが、デリンク達のような無法者を排除《はいじょ》するためにも武力は必要でしょう」

『うん、確かに……』

「そこで傭兵ギルドに所属する傭兵を雇《やと》い入れ、私の配下としてシルバートンの警備をさせたく存じます。これを報酬としては如何でしょうか？」

『傭兵に街の警備を任せる、か』

「どれくらい信じられるのやら……」

クロノが小さく呟くと、エドワードは皮肉めいた言葉を口にした。印象操作、いや、シルバートンに傭兵を招くための布石か。丁度いい。利用させてもらおう。

「クロノ様、傭兵ギルドのギルドマスター・シフは自身の娘が誘拐されたにもかかわらずクロノ様の依頼を優先しております。自身の娘よりもクロノ様の依頼を、ひいては街道《かいどう》を通る商人の安全を優先した滅私《めっし》の心を正当に評価すべきかと存じます」

『分かった。傭兵を雇ってケインの配下に付けよう』

クロノの決断に商人がどよめく。だが——。

「恐れながら……」

「傭兵ギルドのギルドマスター・シフ、発言を許可する」

「ありがたく存じます」

声で分かると思うが、念のために名前を口にする。すると、シフはケインと超長距離通信用マジックアイテムの端末に対して一礼した。

『何か存念でも？』

「はい、私の部下は勇猛果敢《ゆうもうかかんいっき》一騎当千《とうせん》の強者なれど、交渉事《こうしょうごと》を得手としておりません。また治安維持《いじ》の一端《いったん》を担《にな》うとなれば大局的視野が必要になりましょう。さらに申しますとそれほどの責任を一傭兵に担わせるのは酷《こく》かと存じます」

『なるほど……。では、シフ殿を窓口としましょう。シフ殿、構いませんね？』

「慎《つつし》んでお請《う》けいたします」

シフが跪いて言うと、商人達が再びどよめいた。

『細かな条件は日を改めて詰《つ》めることにしましょう』

「承知いたしました」

シフが頷き、ケインは内心胸を撫《な》で下ろした。どうなることかと思ったが、これでシフも街の有力者の仲間入りだ。

「これにて――」

「ちょっといいかしら？」

ケインが閉廷《へいてい》を宣言しようとすると、エレインが手を挙げた。

「シナー貿易組合エレイン・シナー、発言を許可する」

「ありがと」

エレインはケインに礼を言うと超長距離通信用マジックアイテムの方を見た。

「私にご褒美《ほうび》はないの？」

『何故でしょう？』

「私がいなければクアントちゃんが攫《さら》われたって分からなかったでしょ？　だから、ご褒美はあって然《しか》るべきよ」

エレインが臆面《おくめん》もなく言い放ち、商人達はどよめいた。う～ん、とクロノは唸った。これは演技だろう。だが、これまでのことがあるので助け船を出しておく。

「クロノ様、超長距離通信用マジックアイテムの使用権など如何でしょう？」

『無料はちょっと……』

ケインが提案すると、クロノは口籠もった。エレインが口を開く。

「なら一年間無料にしてくれればいいわ」

『一ヶ月なら』

「短すぎ。せめて半年よ、半年」

クロノの提案をエレインは拒《こば》んだ。だが、いきなり半年も譲歩《じょうほ》しているので最初から一年は無理と考えていたようだ。

『に、二ヶ月』

「分かったわ。三ヶ月で手を打つわ」

『……分かりました。三ヶ月無料で』

エレインが全く分かってない口調で言い、クロノは渋々という感じで許可した。

「もういいか？」

「私はね」

そう言って、エレインは視線を巡《めぐ》らせた。商人達が食い入るようにこちら、いや、超長距離通信用マジックアイテムを見ている。

「恐れながら……」

「ベイリー商会エドワード、発言を許可する」

「ありがたく存じます。その超長距離通信用マジックアイテムですが、私ども――ベイリー商会にも利用許可を頂けないでしょうか？」

『構いませんが……。ただは嫌ですよ？』

「おいくらでしょう？」

クロノが口籠もりながら言うと、エドワードは間髪入《かんはつい》れずに尋《たず》ねた。

『月金貨十枚ではどうでしょう？』

「分かりました。では、それでお願いいたします」

「恐れ入ります！　それは行商人組合も金貨十枚払《はら》えば使わせて頂けるのでしょうか？」

エドワードが条件を呑《の》むと、トマスが手を挙げた。そこから先は早かった。皆《みな》、続々と手を挙げ、金貨十枚で超長距離通信用マジックアイテムの使用権を購入《こうにゅう》したのだ。ケインは小さく溜息《ためいき》を吐いた。トラブルはあったが、これでシルバートンは自治を標榜《ひょうぼう》しながらクロノが強い影響力《えいきょうりょく》を持つ街となった。それはさておき──。

「これにて裁判を終了《しゅうりょう》する！」

ケインは閉廷を宣言した。

※

四月九日早朝──ガラガラという音を聞き、ケインは飛び起きた。窓に駆《か》け寄って外を見る。すると、ミノ達の乗った馬車が代官所を出て行く所だった。見送る約束をしていた訳ではないが、ちょっと申し訳なく感じる。溜息を吐き、部屋を出る。そして、階段を下りた所でアリアと出くわした。

「ケイン様、おはようございます」

「ああ、おはよう」

ケインはアリアに挨拶《あいさつ》を返し、玄関《げんかん》の方を見た。

「ミノは行っちまったみたいだな」

「すみません。起こそうと思ったのですが、兄さんが……」

「あ、いや、責めた訳じゃねーんだ」

まあ、責めたように聞こえるよな、と頭を掻《か》いたその時、ガチャという音が響《ひび》いた。扉《とびら》の開く音だ。玄関を見ると、クアントが扉の陰に隠れてこちらを見ていた。

「どうしたんだ？」

「クアントちゃんに私の服をあげたんですけど……」

「なんだ、お前。恥《は》ずかしいのか？」

アリアが口籠もり、ケインはクアントを茶化《ちゃか》した。

「恥ずかしくなんかない！」

「だったら、早くこっちに来い。出てこないと飯抜きだぞ？」

「う〜、分かった」

クアントは渋々という感じで扉の陰から出た。ああ、とケインは声を上げる。クアントはメイド服を着ていた。これはちょっと恥ずかしいかも知れない。

「クアントちゃん、似合ってますよ。ねぇ、ケイン様？」

「おう、似合ってるぞ」

「うるさい！　馬鹿《ばか》！　ウンコたれ！　お前の母ちゃんでべそッ！」

クアントは顔を真っ赤にして言うと駆け出した。ケインの脇《わき》を通り抜け、自分の部屋に逃げ込《こ》んでしまう。

「誉《ほ》めたつもりなんだがな……」

「きっと、照れてるんですよ」

辱めを受けたと思ってるんじゃねーか？　と思ったが、口にはしなかった。世の中には黙《だま》っておいた方がいいこともあるのだ。

※

クロノは小鳥の囀《さえず》りで目を覚ました。実に爽《さわ》やかな朝だ。今日はいいことがありそうな気がする。そんな予感を抱《だ》きながら隣《となり》を見ると、レイラが安らかな寝息《ねいき》を立てて眠《ねむ》っていた。睫毛《まつげ》が震え、レイラが目を開ける。

「おはようございます、クロノ様」

「おはよう。昨夜はごめんね」

「いえ……」

裁判やその後の打ち合わせで随分《ずいぶん》と待たせてしまった。そのことを謝罪すると、レイラは言葉少なに応じた。ふふ、と笑う。

「急にどうしたの？」

「クロノ様が晴れやかな顔をしていらしたので」

「そうかな？」

クロノは手で口元に触れた。そんなことをしても自分がどんな表情を浮《う》かべているか分からない。だが、思い当たる節があるし、レイラに言われるときっとそうなんだろうという気がしてくる。

「色々な問題が一気に解決したからね」

「お疲《つか》れ様《さま》です」

「ありがとう」

クロノは天井《てんじょう》を見上げ、ほぅと息を吐いた。これからもエドワード――ベイリー商会を警戒《けいかい》しなければならないが、シフをシルバートンの有力者にすることができたし、被害《ひがい》を出すことなく盗賊《とうぞく》団を討伐《とうばつ》できた。さらに超長距離通信用マジックアイテムの有用性も理解してもらえた。正直、こんなに早く解決するとは思わなかった。物事というのは動かない時には動かないが、動くときには一気に動くものなのだろう。そんなことを考えていると、レイラが口を開いた。

「ハシェル・シルバートン間の見回りはどうしますか？」

「昨夜、ミノさんと相談したんだけど、継続《けいぞく》で。残党がいないとは限らないし、超長距離通信用マジックアイテムが壊《こわ》されないか心配だしね。あとは傭兵ギルドが上手くやってるかも見て欲《ほ》しいな」

「了解《りょうかい》しました」

レイラは表情を引き締《し》めて言った。予想よりも早く問題を解決することができたが、これからのことを考えると安心はできない。体制をより強固にしていかなければ。まあ、それはそれとして――。

クロノはレイラをそっと抱き寄せた。

幕間『蝙蝠』

帝国暦《ていこくれき》四三二年四月　中旬《ちゅうじゅん》　朝――ベティルはアルフォートが座《すわ》るベンチの後ろに立ち、庭園を見つめた。アルデミラン宮殿《きゅうでん》の庭園だ。建物の陰になっているせいで肌寒《はださむ》く、目を引く草花もないため寂《さび》れた印象を受ける。

生前、ラマル五世陛下はよくこの庭園を訪《おとず》れていた。といってもこの庭園を訪れて何かした訳ではない。古びたイスに座り、ただぼんやりと庭園を眺《なが》めていた。この庭園の何処《どこ》が気に入っていたのか、ベティルには分からない。それを知る機会は陛下の命と共に失われてしまった。何故、陛下に聞かなかったのか。そんなわずかな後悔《こうかい》を噛《か》み締めていると、アルフォートが口を開いた。

「ぴ、ピスケ伯爵《はくしゃく》、余、余はこ、ここに霊廟《れいびょう》を建てようと思うが……。ど、どう思う？」

「素晴《すば》らしい考えではないかと」

「そ、そうか。す、素晴らしい考えか」

ベティルは軽い失望を覚えながら追従した。正直、そんな金があるのならば親征で負傷した者や戦死者遺族に補償《ほしょう》を行って欲しかった。そうでなくともせめて手紙くらいは出すべきではないかと思う。もちろん、それでどうにかなる訳ではないが、わずかなりとも心を慰撫《いぶ》することはできるはずだ。

しかし、それを口にしてもアルフォートの機嫌《きげん》を損《そこ》ねるだけだ。彼が求めているのは賞賛の言葉であって自身を諫《いさ》める言葉ではない。『ここに霊廟を建てる』と言い出したのも『霊廟を建てる』と口にするだけでは賞賛の言葉を得られなくなったからだろう。

「よ、余は、れ、霊廟の建設を通じて、ち、父のな、なし得なかった、きゅ、旧貴族と新貴族の融和《ゆうわ》を成《な》し遂《と》げてみせる」

「後継《こうけい》に相応《ふさわ》しい姿勢ではないかと存じます」

「そ、そうであろう」

ははは、とアルフォートは満足そうに笑った。このことについて嘘はない。次期皇帝《こうてい》として旧貴族と新貴族の対立を解消しようとするのは正しい。この問題を放置すれば諸外国に付け入る隙《すき》を与《あた》えることになる。だが、その手段を決定的に間違《まち》えている。

三十二年前――旧貴族は内乱終結の功労者である新貴族を蛮族の再侵入を防ぐ名目で南辺境に押《お》し込めた。裏切りと思われても仕方のない所業だ。もちろん、旧貴族にも言い分はある。新貴族は満足な教育を受けている者が少なく、為政者《いせいしゃ》としての能力は未知数だった。確実な戦後復興のために新貴族を犠牲《ぎせい》にせざるを得なかったのだ。

だが、やむにやまれぬ事情があったとしてもそれが長年続けば人はそれを自身の権利と考えるようになる。そう、もはや旧貴族と新貴族の対立は既得権益《きとくけんえき》を巡る争いにシフトしているのだ。これを解決するためには入念な根回しをした上で新貴族にポストを用意しなければならないが、アルフォートには無理だ。対立の構図を理解していないし、地方領主を城に招き入れようとしている。これでは問題の解決をより困難にするだけだ。

「れ、霊廟は、だ、だ大理石で作るぞ」

「いいアイディアかと存じます」

確かに大理石の霊廟はさぞや見栄《みば》えがするだろう。だが、本当に大理石で霊廟を建てられるかは分からない。現在、大理石の価格は高騰《こうとう》している。商人が大理石を買い占《し》めているせいでもあるが、ボウティーズ男爵《だんしやく》領にある大理石の石切場が落石事故によって閉鎖《へいさ》されたのも大きい。ボウティーズ男爵が石切職人を売ってしまったという話も聞くが、ベテイルには関係のない話だ。

「そ、そうだ！」

アルフォートが興奮した様子で立ち上がった。

「が、外壁《がいへき》には、ろ、六柱神《ろくちゆうしん》の神話とて、てて、帝国《ていこく》の歴史をモチーフとしたちょ、彫刻《ちようこく》を施《ほどこ》そう！　そ、そうすればよ、余のげ、芸術的感性を伝えられようッ！」

「素晴らしい考えです」

ベティルは追従した。旧貴族と新貴族を融和させるために霊廟を建てるのではなかったかと思ったが、口にはしない。口にするだけ無駄《むだ》だからだ。

「い、一大事業としてへ、平民もお、多く雇い入れる。さ、さすれば景気も浮揚《ふよう》しよう」

「皆、殿下《でんか》の慈悲に感謝することでしょう」

「そ、そうか。み、皆、よ、余に感謝するか」

ふふふ、とアルフォートは笑った。

※

昼——箱馬車が庭園の一角で止まる。御者《ぎょしゃ》が気を遣《つか》ってくれたのだろう。ベティルの執《しっ》務室《むしつ》に程近《ほどちか》い場所だ。ベティルは対面の席に座るアルフォートに視線を向けた。

「殿下……」

「……」

声を掛《か》けるが、アルフォートは無言だ。無言で窓の外を見ている。

「殿下……」

「――ッ！」

語気を強めて呼びかける。すると、アルフォートはハッとしたようにこちらを見た。

「な、何だ？」

「恐れながらここで下車させて頂きたく」

「わ、分かった。お、下りるがよい」

「失礼いたします」

ベティルは頭を下げ、箱馬車を降りた。御者席に視線を向ける。ややあって、箱馬車が動き出す。深々と溜息を吐く。若い頃は上司におべっかを使う者を嫌《きら》っていたが、自身が使うようになるとその難しさを実感する。アルフォートのようにこちらの意図を読んでくれない相手だと尚更《なおさら》だ。もう一度深々と溜息を吐き、自身の執務室に向かう。城内に入り、廊下《ろうか》を進んでいると、前方から見知った人物がやって来た。第七近衛騎士団《このえきしだん》の団長ラルフ・リブラ伯爵だ。ラルフが今こちらに気付いたというように歩調を速める。

「おお！　おおッ！　これはピスケ伯爵、珍《めずら》しい所で会うもんじゃな」

「リブラ伯爵、お久しぶりです。前回、お目に掛かったのは――」

「去年の……。宴《うたげ》の席じゃったか？」

「そのように記憶《きおく》しております」

ラルフに言葉を遮られるが、ベティルは努めて平静を装いながら答えた。一線を退かされて久しいとはいえ、かつて軍師として名を馳《は》せた男だ。そんな男の前で自身の底を見せるような真似はしたくない。いや、違うか。単純にこの老人の前で弱みと取られかねない部分を曝《さら》したくなかったのだ。

「リブラ伯爵の任地は――」

「実は配置転換《てんかん》が行われてのぅ」

「なるほど、そういうことですか」

「そういうことじゃ」

ラルフは呵々《かか》と笑った。軍務局からは何も知らされていないが、ケイロン伯爵をエラキス侯爵領から呼び戻《もど》そうとしていない点を考えるにまた神聖アルゴ王国がよからぬ動きを見せているのだろう。

「なに、レサト伯爵が動いておらんのだ。それほど悪い事態ではなかろうよ」

「それは……」

ベティルは口籠もった。ブラックすぎて笑えないジョークだ。ルーカス・レサト伯爵が率いる第八近衛騎士団は弱兵揃《ぞろ》いで有名だ。そんな第八近衛騎士団に頼《たよ》らざるを得ない事態など悪夢以外の何物でもない。

「すまんかった。困らせるつもりはなかったんじゃ」

「いえ、そのようなことは……」

「では、儂《わし》は行くとしよう。この歳《とし》になると立っているのも億劫《おっくう》でな」

ラルフは呵々と笑い、その場を立ち去った。ベティルは顔を顰《しか》めた。弱みと取られかねない部分を曝したくないと思っていたにもかかわらず口籠もってしまった。そのことを揶《や》揄《ゆ》されたような気がしたのだ。いかんな、と頭を振る。あの程度の遣《や》り取《と》りでやり込められた気になってどうするというのか。それこそあの老人の思《おも》う壺《つぼ》だ。再び歩き出す。気分を切り替《か》えるために遠回りをしてだ。その甲斐《かい》あってか不快感はかなり収まった。執務室が見えてくる。扉の前にはサイモンとヒューゴが立っていた。

「ピスケ伯爵！　お疲れ様ですッ！」

「うむ、ご苦労」

サイモンとヒューゴが声を張り上げ、ベティルは労《ねぎら》いの言葉を掛けた。

「私の留守中に何か変わったことはなかったか？」

「はッ！　宰相《さいしょう》閣下の遣いがいらっしゃいましたッ！」

ベティルが問いかけると、サイモンが大声で答えた。

「何と言っていた？」

「ピスケ伯爵にお話があるとしか伺《うかが》っておりません」

「そうか。では、私はアルコル宰相の執務室に向かう。引き続き、警備を頼《たの》むぞ」

「「はッ！　お任せ下さいッ！」」

サイモンとヒューゴが声を張り上げ、ベティルは二人に背を向けて歩き出した。

※

ベティルがアルコル宰相の執務室を訪れると、扉の傍《かたわ》らに二人の男が立っていた。白い軍服を着ているが、ベティルの部下ではない。ケイロン伯爵の部下だ。本来ならば業務を引き継《つ》いだ時点で警備の任から外れてもらうべきなのだろう。だが、第十二近衛騎士団は実力重視で団員を補充《ほじゅう》した結果、行儀《ぎょうぎ》作法に通じた団員が少なくなってしまった。その数少ない団員も指導で手が空いていないときている。それでケイロン伯爵の部下に協力してもらっているのだ。今にして思えばセシリーを左遷《させん》、もとい、栄転させたのは浅慮《せんりょ》だったかなという気がする。

「宰相閣下に呼ばれて来た」

「確認《かくにん》しますので、少々お待ちください」

男の一人がベティルに背を向け、扉を叩《たた》く。返事はない。だが、いつものことなのだろう。男は扉を開けてアルコル宰相の執務室に入った。しばらくして扉が開き、男が執務室から出てくる。

「どうぞ、お入りください」

うむ、とベティルは頷き、アルコル宰相の執務室に足を踏《ふ》み入れた。アルコル宰相は席に着き、手紙を読んでいた。部屋の中程《なかほど》まで進み、立ち止まる。手紙を読み終えたのだろう。アルコル宰相は手紙を机に置き、こちらに視線を向けた。

「忙《いそが》しい所、呼び出して済まんな」

「いえ……」

ベティルは首を横に振った。嫌《いや》な予感しかしない。

「殿下は何と言っていた？」

「アルデミラン宮殿に大理石でできた霊廟を建てると仰《おっしゃ》っていました」

「大理石でできた霊廟か」

アルコル宰相は困ったような表情を浮かべた。本心かは分からない。そういう情報を与えようとしている可能性もある。

「……ご用件は？」

「ああ、済まんかったな」

ベティルがおずおずと切り出すと、アルコル宰相は手紙を手に取った。

「儂はマグナス殿《どの》と個人的な遣り取りをしておってな」

「はい……」

ベティルは頷《うなず》いた。マグナスとは神聖アルゴ王国の国王のことだろう。一国の宰相が他国の国王と個人的な遣り取りをする。有り得ない話だ。だが、アルコル宰相にもそんなことは分かっているはずだ。要するに理屈《りくつ》として通用するかどうかということだ。

「先日、神殿《しんでん》の勢力を削《そ》ぐのに妙案《みょうあん》はないかと相談を受けた」

「はい……」

ベティルは再び頷いた。だが、それっきりアルコル宰相は黙り込んでしまう。このままでは埒《らち》が明かない。仕方がなく口を開く。

「力を貸すおつもりですか？」

「それはできんな」

「私もそう思います」

ベティルはアルコル宰相に同意する。アルフォートは未《いま》だ皇位に就《つ》いておらず、帝国の支配体制も盤石《ばんじやく》とは言い難《がた》い状況《じようきよう》だ。それに神聖アルゴ王国とは戦争をしたばかりだ。力を貸すのは心情的にも難しいと言わざるを得ない。

「あくまで表だってだが……」

「それは秘密裏《ひみつり》に力を貸すということでしょうか？」

「そういうことになる。だが、秘密裏に力を貸すにしても相応の戦力は必要になろう。正直、儂の分を超《こ》えておる」

「……」

嘘《うそ》を吐《つ》くなと思ったが、口にはしない。アルコル宰相は批判を躱《かわ》すためにもアルフォートを巻き込みたいのだろう。となれば自分に期待されている役割が見えてくる。アルフォートのもとに行き、言質《げんち》を取ってくる。つまり、そういうことだ。

「承知いたしました。それでは、アルフォート殿下のもとに行って参ります」

「頼んだぞ」

「お任せ下さい」

正直にいえば勘弁《かんべん》して欲しい。ベティルは部下を殺されているのだ。それなのにどうして力を貸さなければならないのか。一方で帝国のことを真に思うのであればアルコル宰相に従うべきだとも思っている。支配体制が盤石ではないことや部下を殺された恨《うら》みがあることを理由に傍観《ぼうかん》すればまた戦争になる。それに、この作戦に従事する将兵のこともある。私情で彼《かれ》らの命を危険に曝す訳にはいかない。

※

どうやって言質を取るべきか。ベティルはアルフォートの執務室に向かう道すがら思案を巡らせた。だが、これといったアイディアは出てこなかった。アイディアが出てこないどころか、アルフォートが表面上でもアルコル宰相と協調路線を取ってくれれば、アルデミラン宮殿に行く前に相談してくれればと愚痴《ぐち》めいたことを考えてしまう。

ああ、と声を漏《も》らす。時間が欲しい。だが、時間を置けばアルフォートはどうしてすぐに報告しなかったと不機嫌《ふきげん》になることだろう。裏切り者と思われたら言質を取るどころではなくなってしまう。そうこうしている内にアルフォートの執務室が見えてきた。執務室の前には白い軍服を身に纏《まと》った二人の男が立っている。ケイロン伯爵の部下だ。ケイロン伯爵の部下はベティルを見るなり背筋を伸《の》ばした。

「「お疲れ様ですッ！」」

「……うむ、ご苦労」

ベティルは二人が声を張り上げたことに戸惑《とまど》いながら言葉を返した。二人が苦笑《くしょう》じみた笑《え》みを浮かべる。それで、この演出をアルフォートが望んでいることに気付いた。大物として扱《あつか》われたい。そんな気持ちが透《す》けて見えるようだ。男の一人がベティルに背を向け、扉を叩く。ややあって——。

「は、入れッ！」

アルフォートの声が響いた。男が道を譲《ゆず》るように脇に移動し、ベティルは扉を開けてアルフォートの執務室に足を踏み入れた。アルフォートの執務室はアルコル宰相のそれよりも広く、豪華《ごうか》だった。床《ゆか》に敷《し》かれた絨毯《じゅうたん》は分厚く、机は重厚《じゅうこう》さを感じさせる。次期皇帝の執務室に相応しい豪華さだが、ベティルは空虚《くうきょ》なものを感じた。それはアルフォートが次期皇帝の肩書《かたが》き以外何も持たない人間だからだろう。執務室の中程で足を止める。

「ぴ、ピスケ伯爵、な、な何の用か？」

「実は……。アルコル宰相に呼び出されまして」

「な、何だと⁉」

ベティルが口籠《くちご》もりながら答えると、アルフォートは身を乗り出した。だが、その口元には笑みが浮かんでいる。ベティルがアルコル宰相を裏切り、重要な情報を伝えにきたことが嬉《うれ》しいのだ。

「何でもマグナス国王から秘密裏に相談を受けたとか」

「よ、余は何も聞いていない」

「あくまで秘密裏にですから」

ベティルが秘密裏の部分を強調して言うと、アルフォートは顔を顰めた。

「殿下はどうされるおつもりですか？」

「な、何故《なぜ》、よ、余に聞く？　あ、アルコルが対応すればよ、よいではないか」

「……」

ベティルは押し黙った。これで言質を取ったと言いたい所だが、これではトラブルになった時に『余は知らぬ』と言いかねない。

「な、何故、だ、黙っている？」

「マグナス国王がアルコル宰相に相談したのは殿下に気を遣った部分もあるのでしょう」

「な、何と!?」

「殿下に相談したとなればもはや秘密裏にという訳には参りません」

「そ、そういうことか」

はッ、とベティルは短く応じた。現時点で秘密裏にという訳にはいかなくなっているのだが、そこまで考えが及《およ》ばないようだ。

「そ、それで、よ、余は何をすればいいのだ？」

「そう、ですな」

ベティルは腕を組み、思案を巡らせた。アルコル宰相の行動を全面的に支持すると言ってくれればいいのだが、感情的に無理だろう。

「まず、殿下に伺《うかが》いたいのは力を貸す意思があるかです」

「な、何を言うかと思えば。も、もし、よ、余が相談され、されれば力を貸す」

「それは……。全面的にでしょうか？」

「う、うむ、全面的にだ」

ベティルがおずおずと問いかけると、アルフォートは鷹揚《おうよう》に頷いた。

「殿下の御心《おこころ》は分かりました。では、全《すべ》て私に一任して頂きたく」

「あ、アルコルが対応するのではないのか？」

「もちろん、アルコル宰相にも動いてもらいますが、それでは現場の将兵に殿下の御心が伝わりません。そこで私です。私がいれば殿下は知っているのだと、知っていてマグナス国王の体面を慮《おもんぱか》って知らぬふりをしているのだと暗に示すことができます。とはいえ、本当に知らぬふりをされては困りますが……」

「よ、余はそのようなことせぬ！」

アルフォートは声を荒《あら》らげ、机を叩いた。

「申し訳ございません。しかしながら、現場の将兵が最も恐《おそ》れるのはいざという時に切り捨てられることなのです。秘密裏の作戦とはいえ、最後の最後にお縋《すが》りできるのは殿下のご威光《いこう》だけなのだとご理解頂きたく存じます」

「そ、そういうことか。す、すまなかった。よ、余が短慮《たんりょ》であった。しょ、承知した。い、いざとなればよ、余が将兵を守ろう」

「ありがたく存じます」

ベティルは深々と頭を垂れ、内心胸を撫で下ろした。これで言質は取った。顔を上げ、アルフォートに視線を向ける。

「では、私はこれで……」

「う、うむ、ご、ご苦労であった」

「いえ……」

ベティルは小さく首を横に振《ふ》り、アルフォートの執務室を出た。ケイロン伯爵の部下と挨拶を交《か》わしてその場を離《はな》れる。何だかどっと疲れた気分だ。今日はさっさと仕事を切り上げて家でゆっくりしたい。そんなことを考えていると――。

「あら、ピスケ伯爵？」

「これはファーナ殿」

ファーナに声を掛けられ、足を止める。

「うちの子のお守り、ご苦労様」

「いえ、お守りなど……」

ベティルは視線を巡らせながら応じた。幸いというべきか人目はない。

「アルデミラン宮殿に行ったそうだけど……。残念ね」

「何が残念なのでしょうか？」

ファーナがぽつりと呟《つぶや》き、ベティルは思わず尋ねた。

「あの庭園がなくなってしまうのでしょう？」

「……」

ベティルは答えなかった。ファーナならばアルフォートの計画を知っていてもおかしくはない。だが、口にしていいのか迷ってしまったのだ。

「昔、陛下は弟さんとあの庭園で遊んだらしいわ。だから、残念ねって」

「……」

ベティルは答えられない。そもそも自分如《ごと》きにどうにかできる問題ではない。だが、陛下があのちっぽけな庭園に通った理由を知ることができてよかったと思う。

「ありがとうございます」

「いいのよ。誰《だれ》かに覚えておいて欲しかっただけだから」

「はい……。では、私はこれで……」

「お仕事、頑張《がんば》ってね」

「ファーナ殿も」

ベティルはファーナに一礼して足を踏み出した。

※

夜――ベティルは箱馬車から降りると屋敷《やしき》を見上げた。帝都《ていと》の第三街区にある自身の屋敷だ。以前は屋敷を見上げるたびに誇《ほこ》らしい気分になったものだが、最近はいつまでアルフォートとアルコル宰相の間を行ったり来たりしなければならないのかと溜息を吐くことが多い。もちろん、誰かがやらねばならないことだと分かってはいる。それでも、頻繁《ひんぱん》にイレギュラーな対応を求められると、どうして自分がこんなことをしなければならないのかと考えてしまう。
溜息を吐き、足を踏み出す。玄関の扉を開けると、妻のレイシャが立っていた。レイシヤはかつての上司――トラクル子爵《ししゃく》の娘《むすめ》だ。貴族らしからぬ所があり、いつもこうして出《で》迎《むか》えてくれる。煩《わずら》わしく思うこともあったが、今はありがたく感じる。

「お帰りなさい、あなた」

「うむ、今帰った」

レイシャがしずしずと歩み寄り、ベティルは上着を脱《ぬ》いで手《て》渡《わた》した。

「湯浴《ゆあ》みになさいますか？　それとも食事になさいますか？」

「……食事を」

ベティルは少し悩《なや》んだ末に食事を摂《と》ることにした。湯浴みをしたら疲労《ひろう》が一気に押し寄せてベッドに直行しそうな予感があったからだ。

「料理を温めるのに少しお時間を頂きますが……」

「構わん」

「そうですか」

レイシャは小さく微笑《ほほえ》むとこちらに背を向けて歩き出した。やや遅《おく》れてベティルも後に続く。そういえば――。

「義父上と義母上は息災か？」

「先日届いた書簡では何も言ってませんでしたが……。どうかしましたか？」

「どうもしない。ただ気になっただけだ」

「変なあなた」

お前も大概《たいがい》だと思うがという言葉をすんでの所で呑み込む。口にしても『そうでしょうか？』と首を傾《かし》げるだけだと思うが、夫婦《ふうふ》喧嘩《げんか》になったら唯一《ゆいいつ》の安息の地を失ってしまう。それだけは避《さ》けねばならない。

ああ、とベティルは声を上げた。本当に今更《いまさら》ながらここが何物にも代えがたい場所だと気付いたのだ。物足りなさを感じて愛人を囲ったこともあるというのに自分はつくづく馬鹿な男だと思う。

一段落したらトラクル子爵のもとを訪ねてみよう。これといった特産物のない寂れた領地だが、疲れたベティルを優《やさ》しく受け止めてくれそうな気がする。そう考えると、もうちょっとだけ頑張れそうな気がした。

第五章『クロノの優雅な一日』

帝国暦四三二年四月下旬未明《げじゅん》――エリルは床に座り、視線を巡《めぐ》らせた。そこはスーが廃《はい》材《ざい》で作った小屋の中だ。昼でも薄暗《うすぐら》いが、同じく床に座るスノウとスーが神妙《しんみょう》な面持《おもも》ちをしていることは分かる。どう切り出すべきか、エリルが思案を巡らせていると、スノウが口を開いた。

「ボク、暇《ひま》じゃないんだけど……」

「おれ、暇、ない」

スノウが不満そうに言うと、スーがその後に続いた。

「……まだそんなに時間は経《た》っていない」

「だって、何も言わないんだもん」

「用件、言え」

む、とエリルは小さく呻《うめ》いた。二人には過不足なく情報を伝えたかったのだが、仕方がない。情報伝達に齟齬《そご》を来《きた》すことを承知で話を切り出そう。

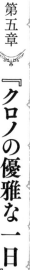

「……二人に相談がある。先日、超長距離通信用《ちょうちょうきょり》マジックアイテムが完成した」

「へ～、そうなんだ」

「……」

エリルが話を切り出すが、二人とも興味がなさそうだ。ぐッ、と呻く。こんな所にも超長距離通信用マジックアイテムの有用性を理解していない人間がいる。時間を掛けて説明したいが、そんなことをすれば二人は帰ってしまうだろう。

「……憂慮《ゆうりよ》すべきことがおきている」

「どんな？」

「……大きな仕事が終わってしまった。最近は小さな仕事ばかりしている」

「「……」」

スノウとスーは答えない。黙ってこちらを見ている。

「用件、言え」

「……ちゃんと言った」

「まあまあ、二人とも喧嘩《けんか》しないで」

エリルがスーに言い返すと、スノウが割って入った。

「えっと、エリルは今後のことを心配してるってことでＯＫ？」

「……概《おおむ》ねその通り。契約《けいやく》を更新《こうしん》してもらえるか気が気でない。だから、いいアイディアがないか相談している」

「初め、言え」

「……そう言った」

「だから、喧嘩は止めてよ」

エリルはムカッとしてスーに言い返した。すると、スノウがまた割って入った。

「……何かいいアイディアはないか？」

「いいアイディアって言われてもエリルが何やってるのかよく分からないし」

「……私は魔術式《まじゅつしき》やマジックアイテムの研究開発をしている。だが、仕事に関するアイディアは期待していない。それ以外のアイディアをお願いしたい」

「それ以外のアイディアって言われても……」

スノウは困ったように眉根《まゆね》を寄せた。

「クロノ様に好意を持ってもらうしかないんじゃないかな？」

「……その点は心配いらない。私はエラキス侯爵《こうしゃく》に好かれている」

「お前、嘘吐《うそつ》き」

「……嘘ではない。事実」

「だ～か～ら！　喧嘩は止めてって言ったでしょッ！」

スノウが語気を強めて言い、エリルは居住まいを正した。いけないいけない。ついつい挑発《ちょうはつ》に乗ってしまった。これではティリア皇女と一緒《いっしょ》だ。

「やっぱり、クロノ様に好意を持ってもらうしかないと思うよ？　ほら、嫌いな相手には辛《つら》く当たるし、好きな相手には優しくするでしょ？」

「……具体的にどうすればいい？」

「具体的に？」

エリルが具体策を尋《たず》ねると、スノウは鸚鵡《おうむ》返《がえ》しに呟いた。思案するように腕を組み、う～んと唸《うな》る。しばらくして考えが纏まったのか、スノウは口を開いた。

※

朝――クロノは何かが身動《みじろ》ぎする気配で目を覚ました。目を開けると、エレナが隣《となり》で寝《ね》ていた。こちらを向いて安らかな寝息《ねいき》を立てている。視線を落とし、エレナのインクで汚《よご》れた手を見る。元の世界で見たテレビ番組を思い出す。あれは日本の職人を特集した番組だっただろうか。その職人の手にエレナの手はよく似ている。そっと手を重ねるとマシュマロのように柔《やわ》らかかった。うん、とエレナは小さく呻き、目を開けた。寝起《ねお》きだからだろう。不機嫌そうだ。

「何よ？」

「エレナは可愛《かわい》いなって」

ふ〜ん、とエレナは相槌《あいづち》を打った。これっぽっちも信じていない。それどころか、これから何をされるのかと警戒《けいかい》している目だ。髪《かみ》を撫《な》でようと手を伸ばす。すると、エレナは煩わしそうに手を払《はら》い除《の》けた。ちょっと傷付く。

「ウェスタのことだけど……」

「ウェスタがどうかしたの？」

クロノが話題を振ると、エレナはわずかに体を起こした。

「いなくなって寂しい？」

「なんだ、そんなこと」

エレナは安堵《あんど》したかのように言って再びベッドに横たわった。髪を撫でようと再び手を伸ばす。今回は手を払い除けられなかったが、まだ不機嫌そうだ。

「友達なんじゃないの？」

「友達よ。でも、子どもじゃないんだからいつまでも一緒って訳にはいかないわ」

エレナは自分に言い聞かせるように言った。それに、と続ける。

「ここにいたらずっと雑用係だもの。一緒にいない方がいいのよ」

「確かに……」

クロノは頷いた。今は事務官を育成する体制が整っていない。エレナの言う通り、ウェスタは雑用係を続けることになる。

「でも、惜《お》しいことをしちゃったかな」

「惜しいことって……」

エレナは鸚鵡返しに呟き、ハッとしたように体を起こした。

「まさか、ウェスタに手を出すつもりだったの!?」

「そんな訳ないじゃない」

「ふん、どうだか」

クロノは否定したが、エレナは信じてくれなかった。不愉快《ふゆかい》そうに鼻を鳴らし、虫でも見るような視線を向けてくる。

「本当なのに……」

「だったら、なんで残念がったのよ?」

「ウェスタがいなくなってプレイの幅《はば》が狭《せば》まったなって」

「変態！」

　エレナは体を起こすと枕《まくら》で叩いてきた。痛くも痒《かゆ》くもないが、叩かれ続けて平気という訳ではない。手首を掴《つか》むと、エレナは振り解《ほど》こうとした。だが、筋力の差は歴然だ。そのまま引き寄せ、背後から抱《だ》き締《し》める。

「放しなさいよ！」

「放したらまた枕で叩くでしょ？」

「ぐッ……」

　クロノが溜息《ためいき》交じりに言うと、エレナは口惜《くや》しそうに呻いた。もっとも、抵抗《ていこう》の意思は消えていない。指を引き剥《は》がそうとしたり、手を振り解こうとしたりする。しばらくして諦《あきら》めたのか、抵抗を止める。

「エレナもプレイの幅が狭まったって感じてるんじゃない？」

「感じないわよ」

「そうかな？　それにしては昨夜あまり嫌がってなかったみたいだけど……」

「あたしは、必死に、嫌がってたわ」

　エレナは語気を強めて言った。

「そうかな？」

「──ッ！」

クロノが首輪に触《ふ》れると、エレナはびくっと体を震《ふる》わせた。

「ウェスタがいた時は必死に声を抑《おさ》えたり、音を立てないようにしたりしてたよね？」

「そ、それは……。ここがクロノ様の部屋だから……」

クロノが首輪の金具を弄《もてあそ》びながら尋ねると、エレナは口籠もりながら答えた。興奮しているのかもじもじと太股《ふともも》を擦《す》り合わせている。

「ふ～ん、僕《ぼく》の部屋だとエレナは声を出したり、音を立てたりするんだ？」

「だって……。ウェスタがいないから……」

「ほら、やっぱり」

「べ、別にいいじゃない。ちょっとくらい声を出したって」

クロノが首輪の金具から指を放すと、エレナはもぞもぞとこちらに向き直った。そのまま擦り寄ってくる。

「危険な兆候だ」

「危険な兆候って、何がよ？」

「エレナはもう以前のプレイに満足できなくなってると思うんだ。だから、マンネリ回避《かいひ》のためにも新たな地平を開拓《かいたく》しなければ……」

「……」

拳《こぶし》を握《にぎ》り締めて言うが、エレナの同意は得られなかった。同意どころか、無言で溜息を吐かれる始末だ。

「何かいいアイディアはない？　ただし、複数人に見られたり、血が出たり、衛生的に問題があったり、次の日の仕事に支障を来したりするアイディアは勘弁して下さい」

「あたしだってそんなの嫌よ！」

エレナはガバッと体を起こして言った。深い溜息を吐き、再びベッドに横たわる。

「で、どう？」

「あのね。そんなすぐに思い付く訳ないでしょ。というか、普《ふ》通《つう》でよくない？」

「たとえば？」

「普通にキスしたり、普通に――」

「普通に前の穴を使ったり？」

「そ、そうよ！」

クロノが言葉を遮《さえぎ》って言うと、エレナは顔を真っ赤にして言った。

「それはちょっと……」

「なんで、クロノ様が嫌がるのよ？」

「……」

エレナが訝《いぶか》しげな表情を浮《う》かべる。だが、クロノはすぐに答えず体の向きを変えた。太股に触れ、再び仰《あお》向《む》けになる。エレナが体を起こして跨《また》がってくる。

「僕的には今の方がレア度が高いんだよね。ずっとお尻《しり》でご奉仕《ほうし》させたい感じ」

「ずっとお尻でご奉仕……」

エレナは鸚鵡返しに呟き、ぶるりと身を震わせた。肌《はだ》が上気しているように見えるのは気のせいではないだろう。興奮しているのだ。悪戯心《いたずらごころ》というか、嗜虐心《しぎゃくしん》が刺激《しげき》される。

「お尻で仕える奴《ど》隷《れい》──お尻《しり》奴《ど》隷《れい》、いや、ケツ穴奴隷だ」

「ケ、ケツ穴奴隷……」

エレナはおずおずと繰《く》り返した。どんな想像をしているのか。蕩《とろ》けるような表情を浮かべている。ついでにいうと触れ合っている部分に熱を感じる。エレナの太股に触れ、さらにお尻の方に手を伸ばす。あ、とエレナは声を漏らし、頭を振った。

「ケ──お、お尻の穴で仕えるなんて冗談《じょうだん》じゃないわ！」

「その割に乗り気だったような？」

「う、うるさいッ！」

エレナが顔を真っ赤にして叫《さけ》び、クロノの上から下りようとする。だが、太股に触れると動きを止めた。

「も、もしかして、今からするつもり？」

「……駄目《だめ》かな？」

クロノはやや間を置いて問い返した。そんなつもりはなかったが、エレナが乗り気ならしてもいいかなと思ったのだ。

「だ、駄目よ。これから仕事だし、お風呂《ふろ》にも入らなきゃだし。ほ、ほら！　クロノ様だって今日は仕事よね？」

「今日は街の視察に行こうと思います」

「あたしは仕事なの！　っていうか、街の視察に行くって今決めたでしょ⁉」

「そんなことないよ」

「嘘吐き」

エレナが吐き捨てるように言う。もちろん、嘘だが、認めなければ嘘ではないのだ。お風呂か、とクロノは小さく呟く。新たな地平を切り拓《ひら》くには力不足の感は否《いな》めないが、試《だめ》してみる価値はある。

※

「ふぃ〜、極楽極楽《ごくらくごくらく》」

クロノは湯船に浸《つ》かり、うっとりと目を細めた。準備をするメイド達には申し訳ないと思うが、やはり風呂はいい。そんなことを考えながら視線を傾《かたむ》けると、エレナが掛《か》け湯をしていた。髪を解き、首輪を外したその姿を見ていると、ほっこりした気分になる。掛け湯を終えると、エレナは立ち上がり、こちらに近づいてきた。惜しげもなく裸身《らしん》を曝《さら》しているが、ムッとしたような表情を浮かべている。

「邪魔《じゃま》よ」

「はいはい」

やはりムッとしたように言い、クロノは浴槽《よくそう》の端《はし》に寄ってエレナが入るスペースを作った。エレナは浴槽の縁《ふち》に手を付き、恐る恐るという感じて爪先《つまさき》を湯に浸《ひた》した。意を決したように足を入れ、湯船に浸かる。クロノにとっては適温なのだが、エレナは熱に耐《た》えるように体を強《こわ》ばらせている。しばらくして、ほぅと息を吐く。その無防備な姿を見ているとムラムラ、もとい、悪戯心が疼《うず》いてしまう。

「ちょっと！　これから仕事だって言ったでしょ⁉」

「まぁまぁ……」

「まあまあじゃないわよ！」

　背後から抱き締めると、エレナは声を荒らげた。だが、湯船から上がろうとしない。それで、ついつい調子に乗って体をまさぐってしまう。

「ぐッ……。すぐ調子に乗るんだから」

「そういえば……」

「あたしの話を聞きなさいよ」

　エレナはうんざりしたように溜息を吐いた。

「さっき普通に前の穴を使ったりって言ってたけど――」

「あたしが言ったんじゃないわよ！」

「なんで、前の穴を使って欲《ほ》しいの？」

「――ッ！」

　言葉を遮られるが、無視して続ける。すると、エレナはびくっと体を震わせた。質問に驚《おどろ》いたからではない。クロノが指で触れたからだ。

「僕に惚《ほ》れた？」

「アンタって、時々すごいわよね」

　エレナは一転して真顔になって言った。誉《ほ》めている訳ではない。あれだけのことをしてきたくせによくもまあそんなことを臆面《おくめん》もなく言えるわねといったニュアンスだ。

「惚れてないの？」

「そんな訳ないでしょ」

「本当に？」

「――ッ！　ほ、本当よッ！」

エレナがびくっと体を震わせる。クロノが胸に触れ、その頂きを摘《つ》まんだからだ。ふ〜んと相槌を打ち、愛撫《あいぶ》を続ける。

「僕のこと、好き？」

「ど、どうして、あたしがクロノ様を好きだって思うのよ？」

「今回の発言といい、いつまでも自分を買い戻《もど》そうとしない件といい、これはもう僕に惚れているとしか」

「そ、そりゃ、べ、別に嫌《きら》いじゃないわよ。た、助けてもらった恩もあるし。でも、前を使わせてあげるって言ったのは……。ご、ご褒美《ほうび》よ」

「ふ〜ん、ご褒美なんだ」

「そ、そうよ。い、今まで迷惑《めいわく》を掛けたご褒美よ」

「でも、まあ、さっきも言った通り、今は前を使わせてくれなくてもいいかな」

「そう、いいわよ。別に。あとで使わせてくれって言っても使わせてあげないんだから」

そう言って、エレナはそっぽを向いた。

「だから、ご褒美にお尻を使わせてもらうね？」

「――――ッ！」

エレナは息を呑《の》んだ。クロノが背後から抱きかかえたからだ。

「ちょっと！　これから仕事だって言ったじゃないッ！」

「ご褒美だよ、ご褒美」

「今じゃなくてもいいじゃない！」

「それもそうだね」

エレナが大声で叫び、クロノは手を放した。え!?　とエレナがこちらに向き直る。

「いいの？　その、しなくて……」

「エレナが言ったんじゃない」

「そりゃそうだけど……」

エレナがごにょごにょと言い、クロノはだからと続けた。

「ご奉仕で勘弁してあげる」

「ぐッ、やっぱりするんじゃない」

クロノが恩着せがましく言うと、エレナは口惜しげに呻いた。

※

ふ～という音が脱衣所《だついじょ》に響《ひび》く。エレナが溜息を吐《つ》く音だ。音のした方を見ると、エレナがこちらにお尻を向けて下着を手に取る所だった。ちなみにクロノは着替《きが》え済みだ。

「——結局、最後までしちゃったじゃない。ホント、馬鹿《ばか》みたい」

エレナがぼやきながら服を着る。長湯したこともあって肌が上気している。あの後、エレナにご奉仕してもらった訳だが、若い二人がそれで済むはずもなく——。

「続きをお願いしてきたのはエレナだよ？」

「——ッ！」

クロノが指摘《してき》すると、エレナはキッと睨《にら》み付けてきた。だが、すぐに表情を和《やわ》らげ、再び溜息を吐く。諦めたと言わんばかりの表情だ。

「じゃあ、あたしは仕事があるから」

「うん、頑張って」

「クロノ様も頑張りなさいよ」

エレナは険のある口調で言うと脱衣所を出て行った。ぐうという音が響く。お腹《なか》が鳴る音だ。お風呂で励《はげ》んでしまったせいでまだ朝食を摂っていない。また女将《おかみ》に怒《おこ》られそう、と溜息を吐き、脱衣所から出る。すると、セシリーと出くわした。背後にはヴェルナの姿もある。セシリーがヴェルナを庇《かば》うように前に出る。

「二人とも、おはよう」

「きゃッ！」

クロノが声を掛けると、セシリーは可愛らしい悲鳴を上げた。バッと背後に向き直る。

「何をなさいますの⁉」

「セシリーがクロノ様を無視すると思って先手を打って指で背中を突《つ》いた」

「挨拶《あいさつ》くらいちゃんと返しますわ！」

「ホントかよ」

「本当ですわ！　見てらっしゃいッ！」

ヴェルナが訝しげな表情を浮かべ、セシリーはこちらに向き直った。こほん、とセシリーは咳払《せきばら》いをし、あ〜、あ〜と発声練習をした。背筋を伸《の》ばし――。

「きゃッ！」

また可愛らしい悲鳴を上げた。ヴェルナに指で突かれたのだ。再び背後に向き直る。

「な、何をなさいますの⁉」

「とっとと挨拶しろよ。忙《いそが》しいんだよ、あたしは」

「挨拶する所だったじゃありませんの⁉」

「ふりが長《なげ》ーんだよ！」

セシリーは背後に向き直ると、ヴェルナと言い争いを始めた。随分《ずいぶん》と可愛くなったなーと思う。何もかも失って初めて辿《たど》り着ける境地もあるのだろう。そんなことを考えながらその場を後にする。

一階に移動して食堂に入ると、誰もいなかった。当然といえば当然だが、ちょっと寂《さび》しい。溜息を吐きつつ席に着く。しばらくしてガチャという音が響いた。食堂と厨房《ちゅうぼう》を隔《へだ》てる扉《とびら》が開く音だ。扉を見ると、女将が出てくる所だった。手にトレイを持っている。女将は対面の席に座《すわ》ると無言でパンに手を伸ばした。がっくりと肩《かた》を落とす。すると――。

「冗談なんだからそんな顔をするんじゃないよ」

「ブラックすぎて笑えないよ」

「だったらこれに懲《こ》りて早起きするんだね」

ふん、と女将は鼻を鳴らしてトレイをクロノの前に移動させた。トレイの上に載《の》っているのは小ぶりなパンと少量のスープだ。クロノは肩を窄《すぼ》め、パンを手に取った。もそりもそりとパンを食べる。

「女将の怒《いか》りを感じる」

「別に怒ってる訳じゃないよ」

「じゃあ、なんで？」

ふふ、と女将は笑い、封筒《ふうとう》を取り出した。テーブルの上に置き、こちらに差し出す。クロノは封筒を手に取り、しげしげと眺《なが》めた。

「これは？」

「エリルちゃん達からの招待状だよ。日頃《ひごろ》の労を労《ねぎら》いたいって言ってたよ」

ふ〜ん、とクロノは相槌を打ち、封筒が汚れないように少し離れた場所に置いた。

「エリルちゃん達？」

「エリルちゃんとスーちゃんとスノウちゃんだね。お菓子《かし》作りを手伝って欲しいって言われてね。ついついそっちに時間を掛けちまったんだよ」

女将は嬉《うれ》しそうに微笑んだ。多分、お母さんみたいな心境なのだろうが――。

「接待のつもりかな？」

「接待⁉」

クロノが首を傾げながら言うと、女将は驚いたような表情を浮かべた。

「最近は使い捨てのマジックアイテムばかり作らせてるからさ。次は契約を更新してもらえないかもって危機感を持ったんだよ、きっと」

「ちょいとクロノ様、女の子がお菓子を作ってくれたんだよ？　そんな下心ありきみたいに言うのは失礼じゃないか」

「そうだけど……。エリルだよ？」

「素直《すなお》ないい子じゃないか」

「女将はエリルを信じてるんだね」

「当たり前だろ」

女将がちょっとだけムッとしたように言い、クロノは小さく溜息を吐いた。スプーンを手に取り、スープを掬《すく》う。

「賭《か》ける？」

「ああ、い……」

いいよと言おうとしたのだろう。だが、女将は途中《とちゅう》で口を噤《つぐ》んだ。賭けに負ける可能性に思い至り、エリルへの信頼《しんらい》が揺《ゆ》らいだのだ。

「人を信じる心の、なんと脆《もろ》いことか」

「ぐッ……。いいよ、賭けてやろうじゃないか」

「本当にいいの？　負けたらすごいことを要求するよ？」

「すごいったって尋問《じんもん》プレイをさせろとか、メイド服を着て欲しいって程度だろ？　いいよ。受けて立つよ」

クロノが念を押《お》すと、女将は身を乗り出して言った。予想通りの反応だが、ここまで予想通りだとちょっと心配になってくる。

「じゃあ、最低でもコスプレエッチは確定で」

「いいよ、やってやろうじゃないか」

「お風呂でのエッチもOK？」

「ぐッ……。や、やってやるよ」

「あとは――ッ！」

さらなる要求を口にしようとして息を呑む。

「新たな地平――開眼ッ！」

は!?　と女将が声を上げる。

「『大地の秘技』の音読はどうでしょう？」

「『大地の――ッ！」

女将は鸚鵡返しに呟きかけ、息を呑んだ。どうやら『大地の秘技』が黄土《おうど》神殿《しんでん》によって編纂《へんさん》されたエッチのハウツー本だと知っているらしい。どうして知っているのか非常に気になるが、ここでは質問しない。

「どうでしょうか？」

「やってやるよ。やってやろうじゃないか。やって……」

クロノが尋ねると、女将は強気で答えた。だが、その声は尻すぼみに小さくなり、最後の方は聞き取れなかった。

※

「ごちそうさまでした」

「はい、お粗末《そまつ》さん」

クロノが手を合わせて言うと、女将は満足そうな笑《え》みを浮かべて立ち上がった。皿を片付けるためだろう。こちらに近づいてくる。女将が皿を重ね始め、クロノは立ち上がった。しらばっくれることはないだろうが——。

「では、凶報《きょうほう》をお待ち下さい」

「凶報？　吉報《きっぽう》の間違《まちが》いだろ？」

念を押す意味で声を掛ける。すると、女将は手を止め、挑発的《ちょうはつてき》な態度で応じた。だが、本当は自信がないのだろう。目が泳いでいる。

「目が泳いでるよ？」

「そんなこたないよ、そんなこた」

自信のなさゆえだろう。女将が顔を背《そむ》け、クロノは距離《きょり》を詰《つ》めた。手を伸ばしてお尻に触れると、女将はびくっと体を震わせた。レイラの引き締まったお尻と違《ちが》い、女将のそれはむっちりとしている。それでいて柔らかく、何処《どこ》まで指が沈《しず》み込《こ》むかを試したくなる魅《み》惑的《わくてき》なお尻だ。

「今から楽しみだな～」

「ふ、ふん、もう勝ったつもりなのかい？」

「僕の勝ちは揺るがないと思うけど……。まあ、最後まで勝負は分からないもんね」

クロノが手を離《はな》すと、女将はホッと息を吐いた。封筒を持って食堂を出る。歩きながら封《ふう》を切った次の瞬間《しゅんかん》――。

「きゃッ！」

軽い衝撃《しょうげき》が体を貫《つらぬ》き、可愛らしい悲鳴が響いた。視線を落とす。すると、アリッサが尻《しり》餅《もち》をついていた。スカートが捲《めく》れ、ショーツが露《あら》わになっている。意外、いや、大人の女性に相応《ふさわ》しいアダルティなデザインのショーツだった。思わず拝みそうになるが、ぐっと堪《こら》えて手を差し出す。

「アリッサ、ごめん。立てる？」

「こちらこそ申し――ッ！」

アリッサは謝罪の言葉を口にしようとして息を呑んだ。ショーツが露わになっていることに気付いたのだろう。慌《あわ》てふためいた様子でショーツを隠《かく》し、それからクロノの手を取った。ぐいっと引っ張り上げる。

「こちらこそ申し訳ございません。少々考え事をしておりまして……」

「悩《なや》み事《ごと》？」

「はい、いえ、悩み事というほどのことでは……」

アリッサはクロノから視線を逸《そ》らしながら答えた。先程《さきほど》の件が影響《えいきょう》しているのか。頬《ほお》を赤らめ、もじもじしている。

「悩み事があったら言ってね？　できる限りのことはするから」

「旦那様《だんなさま》にご迷惑は……。いえ、申し訳ございません。その時はお願いいたします」

「うん、任せて」

「で、では、私はこれで……」

アリッサはぺこぺこと頭を下げ、その場から立ち去った。気が動転しているのか、それとも本当に悩み事があるのか判然としない。だが、気に掛けておいた方がよさそうだ。

「……女将にお願いするか」

二人は茶飲み友達なので探《さぐ》りを入れやすいはずだ。だが、今はエリルの手紙だ。封筒から便箋《びんせん》を取り出して文面を確認《かくにん》する。内容はシンプルだ。『日頃の労を労いたいので、地図に記された場所に来て欲しい』とのことだ。

「やっぱり、僕の勝ちかな？」

クロノは小さく呟《つぶや》き、再び歩き出した。エントランスホールに出る。すると、そこには壁《かべ》際に置かれたイスに座る七人の男女がいた。超長距離通信用マジックアイテムの使用権を購入《こうにゅう》した商人の部下達だ。皆《みな》、いつ来るとも分からないシルバートンからの連絡《れんらく》を待っているのだ。ちなみに彼《かれ》らが使うのは侯爵邸《こうしゃくてい》の一階に増設した超長距離通信用マジックアイテムの端末《たんまつ》で、シルバートンから連絡があると兵士に呼び出されるというシステムになっている。正直、もっと効率よくできるような気もするのだが、協議した結果この形がベストとなったのだから仕方がない。

クロノは彼らを横目に見ながら侯爵邸を後にした。

※

クロノは視線を巡《めぐ》らせながら商業区の洗練された街並みを進む。以前に比べると人通りが格段に増えたように思う。かつて、商業区は富裕層《ふゆうそう》のためのエリアだった。だが、最近では居住区の住人も客としてやって来るようになった。

これにはシナー貿易組合二号店の果たした役割が大きいと思う。比較的《ひかくてき》安価な商品を扱《あつか》うことで居住区の住人を呼び込んだ——居住区と商業区の間に動線を作ったのだ。一度商業区で買い物をすれば心理的なハードルがぐっと下がる。他の商会も覗《のぞ》いてみようという気になる。こう考えると、景気がよくなってから商業区が賑《にぎ》わい出すまでにライムラグがあったことに説明が付くような気がする。といってもあくまでそんな気がするだけで数字的な裏付けはない。

「データを取っておけばよかったな」

「クロノ!」

思わず呟いたその時、名前を呼ばれた。聞き慣れた声だ。声のした方を見ると、ティリアが駆《か》け寄ってくる所だった。いつの間にか商業区の端——広場の近くにやって来ていたようだ。ティリアはクロノから少し離れた所で立ち止まった。モデルっぽい気取った立ち方だが、焼きソーセージを持っているせいか奇妙《きみょう》な親しみやすさがある。

「買い食いに来たのか？」

「視察だよ、視察」

「そうか、クロノも視察か」

ティリアは『も』の部分に力を入れて言った。遊んでいる訳じゃないんだぞ、と主張したいのだろう。

「何か変わったことは……」

「ん？　何だ？」

クロノが背後を覗き込むと、ティリアは振《ふ》り返った。背後にはトニー、マシュー、ソフィの三人がいる。

「珍《めずら》しい組み合わせだね」

「そうか？　トニーとはちょくちょく話しているんだが……。だが、まあ、三人一緒というのは珍しいかも知れん」

「どうして、三人と？」

「フィールドワークだ。ただ歩き回るのではなく、住人に直接話を聞く。そうすることで立体的に物事を把握《はあく》できるようになる」

ふ～ん、とクロノは頷《うなず》いた。一緒に遊んでいるだけのようにも思えるが、堂々と言われるとそうなのかなという気がしてくる。

「トニー、こっちに来い」

「分かったんだぜ」

ティリアが手招きすると、トニーが近づいてきた。

「私はクロノに調査結果を伝えねばならん。だから、お前達《たち》はその辺でちょっと遊んでこい。これは軍資金だ」

「え？　こんなに？」

ティリアが銀貨を渡《わた》すと、トニーは驚いたように目を見開いた。

「三人分だぞ、三人分」

「それくらい分かってるんだぜ」

「私もお前が分かっていると信じているが、確認は大事だ」

「……確かに確認は大事なんだぜ」

トニーは間を置いて頷き、マシューとソフィに向き直った。

「皇女殿下から小遣《こづか》いをもらったから遊びに行こうぜ」

「う、うん……」

「姫様《ひめさま》、ありがとう！」

トニーが駆け出し、マシューとソフィがその後に続いた。うんうん、とティリアは満足そうに頷き、こちらに向き直った。

「よし、ベンチに行くぞ」

「分かった」

そう言って、ティリアは歩き出した。歩きながら焼きソーセージを平らげて串《くし》をゴミ箱に捨て、さらに露店《ろてん》に寄る。流れるように注文、代金を支払《しはら》い、二人分のカップを受け取って再び歩き出し、ベンチに座る。

「お前も座れ」

ティリアに促《うなが》されてベンチに座ると、カップが差し出された。

「私の奢《おご》りだ。遠慮《えんりょ》するな」

「元々は僕のお金のような？」

「原資を稼《かせ》いだのは私だ」

えへん、とティリアは胸を張り、さっさと受け取れと言うようにカップを揺らす。クロノはカップを手に取り、口に運んだ。酸味の利《き》いた味が口の中に広がる。

「リンゴの果実水か」

「その通りだ。だが、ここの果実水はひと味違うぞ」

「滅茶苦茶馴染《めちゃくちゃなじ》んでますね」

「当然だ」

えへん、とティリアは再び胸を張った。

「で、調査結果って何？」

「ん？　何のことだ？」

「調査結果を伝えるって言ったじゃない」

「あれは嘘《うそ》だ」

「なんで、嘘を……」

「お前と一緒《いっしょ》にいたくて、つい嘘を吐いてしまった」

ティリアは悪びれずに言った。だが、と続ける。

「一応、報告できそうな話はあるぞ？　聞きたいか？」

「じゃあ、まあ、それで……」

「うむ、では教えてやろう。これは行商人に聞いた話だが、最近はハマル子爵《ししやく》領に商売に行く機会が増えたらしい」

「通行税の撤廃《てつぱい》と露店制度を統一したお陰《かげ》かな？」

「そのようだ。他にも競合相手が少ないという理由もあるようだが……」

「ああ、それもあるか。それで、何が売れるって言ってた？」

「干物《ひもの》や魚の塩漬《しおづ》け、あとは乳製品だな」

「乳製品？」

クロノは思わず呟いた。干物や魚の塩漬けは分かる。カド伯爵《はくしゃく》領の漁村から買い付けたのだろう。だが、乳製品となると思い当たる節が――いや、あった。シオンから休耕地でクローバーを育てるようになって家畜《かちく》がお乳をよく出すようになったと報告を受けた覚えがある。だが、クローバーを育てているのはケインが盗賊《とうぞく》だった頃《ころ》に拠点《きょてん》としていた砦《とりで》の麓《ふもと》にある村だけだ。それなのに――。

「あ！　そういうことか」

「いきなり大声を出すな。びっくりするじゃないか」

「ごめんごめん」

ティリアが責めるように言い、クロノは謝罪した。

「それで、どうして行商人が乳製品を売りに行けるのか分かったのか？」

「あくまで想像なんだけど……。結構前にシオンさんから休耕地でクローバーを育てるようになってから家畜がよくお乳を出すようになったって報告を受けたんだよ」

「農業改革の一環《いっかん》だったな。検証中だったはずだが……。ああ、なるほど、そういうことか。つまり、クロノはその話を聞いた他所の村の人間が勝手にクローバーを植えたと考えているんだな？」

「クローバーは年二回種が蒔《ま》けるし、その可能性が高いと思う」

クロノは苦笑《くしよう》した。恐《おそ》らく、処罰《しよばつ》されることを恐れて行商人に売ったのだろう。

「それで、どうするんだ？」

「どうもしないよ。証拠《しようこ》も——まあ、探せばいくらでもあるだろうけど、わざわざ証拠集めしてまで処罰するほどのことじゃないしね」

「そうか。クロノがそれでいいのなら私から言うことはない。ところで、今日は暇《ひま》か？」

「悪いけど、エリル達から招待状をもらってるんだよ」

「エリル達から？」

「うん、日頃の労を労いたいって」

「嘘だな。嘘でなければ罠《わな》だ。何にせよ、別の思惑《おもわく》があるに違いない。私には分かる」

「僕もそう思うけど、スノウとスーが一緒だからね」

「そうか。それではすっぽかす訳にはいかないな」

「元々、すっぽかすつもりはないけど……」

クロノは苦笑し、果実水を飲み干した。すると、ティリアが手を差し出してきた。

「カップは私が返しておいてやろう」

「ありがとう」

「気にするな。私は気遣《きづか》いのできる女だからな」

ふふふ、とティリアは笑った。

※

クロノは招待状を片手に建物を見上げた。地図に記された城門と居住区の中間に位置する建物だ。ごくりと生唾《なまつば》を呑み込み――。

「ここが……。って女将の店だよ」

一人芝居《しばい》をやってみた。そう、地図に記されていたのは女将の店だった。いや、今は退《たい》役《えき》軍人のトニオに貸しているので元女将の店というべきか。どんな接待をしてもらえるのか少しだけ期待しながら店に入る。昼前ということもあってか店内に客はいなかった。カウンターの内側にいたエルフの男性――トニオがこちらを見る。

「あ、クロノ様！　いらっしゃいませッ！」

「トニオ、お疲《つか》れ様《さま》。えっと、エリル達に呼ばれてきたんだけど……」

「はい、事情は聞いてます。階段を登ってすぐの部屋になります」

「ありがとう」

「いえ、とんでもございません」

クロノは足を踏《ふ》み出し、カウンターの前で立ち止まった。財布《さいふ》から銀貨を取り出してカウンターに置く。すると、トニオは驚いたように目を見開いた。

「これは？」

「チップだよ、チップ」

「……ああ、そういうことですか。もちろん、口にはしませんよ」

トニオはやや間を置いて声を上げた。どうやら口止め料と思われたようだ。誤解を解きたいが、何故《なぜ》だろう。分かってます分かってますと絶対に分かっていない態度で言われる気がした。諦《あきら》めて二階に向かう。薄暗《うすぐら》い階段を登り、扉をノックする。

どうぞ！　という声が響く。スノウの声だ。エリルとスーはどうぞっていうタイプじゃないよなと妙《みょう》に納得《なっとく》した気分で扉を開けると――。

「お帰りなさいませ、ご主人様！」

「……お帰りなさいませ」

「お帰り」

スノウ、エリル、スーの声が響いた。三人ともメイド服を着ている。それもただのメイド服ではない。スカート丈《たけ》が短く、胸元《むなもと》が大きく開いている。

「フレンチメイドスタイルだと……」

「？　ご主人様、どうぞこちらへ」

クロノの呟きにスノウは訝《いぶか》しげな表情を浮《う》かべた。だが、気にしないことにしたのだろう。片足を引いて手の平で奥《おく》にあるテーブルとイスを指し示した。クロノは席に着き、スノウ、エリル、スーの三人を見つめる。スノウははにかむような笑みを浮かべ、エリルはムッとしたような顔をしている。スーはといえばもじもじと太股《ふともも》を摺《す》り合わせている。疑問に思ったが、それを口にするよりも速くスノウがクロノの正面に回り込んできた。

「えへへ、どう？　似合う？」

「うん、似合ってるよ」

「そう、かな？　ちょっとスカートが短すぎる気もするけど……」

スノウは戸惑《とまど》った素振《そぶ》りを見せながらスカートを摘まんだ。スカートの裾《すそ》が引き上げられ、太股が露わになる。実に健康的な脚線美《きゃくせんび》だ。そして、健康的な脚線美という感想を抱《いだ》く人間のなんと不健康なことか。クロノが自身の不健康さを噛《か》み締《し》めていると、スノウがエリルに視線を向けた。エリルが前に出る。

「エラキス侯爵《こうしゃく》、招待に応じてくれて感謝する。今日は三人で日頃の労を労いたいと思う。だから、楽しんで欲しい」

エリルはすらすらと口上を述べた。だが、と続ける。

「これが接待であることを留意して欲しい」

「あ、やっぱり接待なんだ」

「……そうでなければこんなことはしない」

エリルはぼそぼそと呟いた。予想通りといえば予想通りだが、本人の口から接待と言われてしまうとしょんぼりした気分になる。しかし――。

「ボクは違うよ！　ボクはちゃんと感謝の気持ちを伝えたいと思ってるよ」

「おれ、嫁《よめ》、クロノ、労う」

スノウは慌てふためいた様子で、スーはムッとした様子でエリルの言葉を否定した。スノウが背後に回り込み、肩に触《ふ》れる。

「肩を揉《も》んであげるね？」

「ありがとう」

「うわッ！　クロノ様、かっちかち」

スノウはクロノの肩を揉み、驚いたように声を上げた。

「そうかな？」

「うん、すごく硬《かた》いよ？　まるで鉄みたい」

「そ、そう？」

「だから、ボクが解してあげるね」

「よろし——あッ！」

クロノは思わず声を上げた。スノウが肘《ひじ》でクロノの肩を強く押したのだ。自分では気付いていなかったが、かなり肩が凝《こ》っていたのだろう。肩を押されるたびに変な声が出てしまう。スノウが耳元で囁《ささや》く。

「どう？　クロノ様、気持ちいい？」

「あ～、いい！　すごくいいッ！　何処でこんなこと覚えたの？」

「えへへ、お金を稼ぐために覚えたんだよ。あ、でも、クロノ様からお金を取るつもりはないからね」

「ありがとう」

クロノは改めてお礼を言った。だが、そこには二重の感謝が込められている。一つは肩を揉んでくれることに対する感謝、もう一つは背中に当たる小振《こぶ》りなおっぱいに対する感謝だ。心地《ここち》よさに身を委《ゆだ》ねていると、スーがテーブルの上にティーカップを置いた。ティーカップにはどす黒い液体が注がれている。

「飲め」

「ケミカルな臭《にお》いがするんだけど……」

「滋養強壮《じようきようそう》、効く、飲め」

「……」

スーに促され、クロノはティーカップを手に取った。ティーカップを口に近づける。すると、目が痛んだ。スーに視線を向けるが、飲めと言うように顎《あご》をしゃくられた。意を決してどす黒い液体を呷《あお》る。強烈《きようれつ》な苦みが口の中に広がる。多分、焦《こ》げをじっくり煮詰《につ》めたらこんな味になるだろう。だが、想像していたよりも苦くはない。どす黒い液体を飲み干してティーカップをテーブルに置く。

「効いたか？」

「……多分」

クロノはやや間を置いて答えた。喉《のど》から胃までが熱い。特に胃が熱い。胃そのものが熱を放っているようだ。そのせいか汗《あせ》が滲《にじ》んでくる。手の甲《こう》で汗を拭《ぬぐ》ったその時、スーが居《い》心地《ごこち》が悪そうに身動《みじろ》ぎした。

「下着、気持ち、駄目《だめ》」

「どうかしたの？」

　スーはムッとしたように言い、スカートをたくし上げた。可愛《かわい》らしいショーツが露わになる。ルー族の文明開化を目《ま》の当たりにして思わず柏手《かしわで》を打ちたくなる。だが――。

「駄目だよ！」

　クロノが柏手を打つより速くスノウがスーに駆け寄った。スーの手首を掴《つか》んで、スカートを下げさせる。

「熱い、蒸《む》れる、脱《ぬ》ぐ」

「クロノ様が帰るまで駄目！」

「う～、分かった」

　スノウの言葉にスーは渋々《しぶしぶ》という感じで頷いた。文明開化までの道のりはまだまだ遠いようだ。そんなことを考えていると、エリルがやって来た。そういえば――。

「女将にお菓子作りを手伝ってもらったって聞いたけど？」

「……確かに私は女将にお菓子作りを手伝ってもらった。だが、それをクロノ様に提供するとは言っていない」

「そうなの？」

「……予定は状況《じょうきょう》に合わせて変更《へんこう》されるもの」

ふ～ん、とクロノは頷いた。きっと、エリルのことだから食欲に負けてお菓子を食べてしまったのだろう。なので、とエリルはクロノの上に座った。しかも、対面で。

「……エラキス侯爵は女好きなのでこれがベストと判断した」

「ぐッ……」

エリルが前傾《ぜんけい》になって小首を傾《かし》げ、クロノは呻《うめ》いた。フレンチメイドスタイルに戦慄《せんりつ》したばかりだが、なんということだろう。まさか、その先があるだなんて思わなかった。エリルは小柄《こがら》だ。そんな彼女《かのじょ》が胸元の大きく開いたメイド服を着て、前傾になっている。ちょっと視線を落とせば胸の先っちょが見えそうだ。それだけではない。太股だ。柔《やわ》らかな太股が密着し——触れそうで触れない生殺し感よ。ベスト、確かにベスト。ベスト生殺し賞だ。クロノがそっとお尻《しり》に手を伸ばすと、エリルが首に手を回してきた。

「何処でこういうことを学んだんですか？」

「……『大地の秘技』に書いてあった」

「……」

クロノは何も言えなかった。綻《ほころ》びそうになる口元を引き締めるだけで手一杯《ていっぱい》だ。

「……念のために言っておくが、これは接待。なので、お触《さわ》りはなしにして欲《ほ》しい」

生殺し感がひどい、とクロノは拳《こぶし》を握《にぎ》ったり開いたりした。

※

昼――。

「三人とも今日はありがとう」

「また今度、肩を揉んであげるね」

「……契約更新《けいやくこうしん》の件、よろしく」

「おれ、嫁、務め、果たした」

クロノはスノウ、エリル、スーの三人に見送られて部屋を出た。小さく溜息《ためいき》を吐《つ》く。楽しい一時だったが、ひどく疲れた。階段を下りると――。

「クロノ様、発見みたいな！」

「こっちで一緒にお茶しましょみたいな！」

アリデッドとデネブに声を掛《か》けられた。二人は窓際《まどぎわ》のテーブル席で向かい合うように座っている。クロノは小さく溜息を吐き、二人のもとに向かった。クロノが近づくと、デネブがアリデッドのいる方に移動した。対面の席に座る。

「何だかお疲れみたいな」

「トニオ！　クロノ様に冷たい香茶をプリーズみたいなッ！」

「あいよ！」

デネブが叫《さけ》ぶと、トニオが威勢《いせい》よく返事をした。しばらくしてトニオがやって来てカップをテーブルに置いた。カップを手に取ると、ひんやりと冷たかった。魔術《まじゅつ》を使って冷やしているのだろう。カップを口に運び、香茶を飲む。苦い薬を飲んだからか、香茶が妙に美味《おい》しく感じられた。カップをテーブルに置く。ふと視線を感じて前を見ると、アリデッドとデネブがニコニコ笑ってこちらを見ていた。銀貨を取り出してテーブルに置く。

「奢るよ」

「そんなつもりはなかったみたいな」

「でも、気持ちとお金はありがたく受け取るし」

アリデッドとデネブはぴしゃりと額を叩《たた》き、銀貨を手元に引き寄せた。二人はまだニコニコと笑っている。

「何かいいことあった？」

「ふふ、今日は姫様と遭遇《そうぐう》してないみたいな！」

「そんなことを言っちゃ駄目だし！　噂《うわさ》をすれば何とやらみたいなッ！」

二人はハッとしたように視線を巡らせ、胸を撫《な》で下ろした。

「ところで、姫様は何をしてるみたいな？」

「トニー達と露店巡《ろてんめぐ》りをしてたよ」

「「――ッ！」」

クロノが質問に答えると、二人はぎょっと目を剥《む》いた。

「トニー、マシュー、ソフィの三人みたいな？」

「もしかして、三人に奢ったりみたいな？」

「あ、うん、そうみたい」

「「――ッ！」」

二人は息を呑《の》み、テーブルに突《つ》っ伏《ぷ》した。

「そんなにショックだった？」

「あたしら以外の人間と仲よくしていることにショックを受けたみたいな」

「子どもとはいえ、あの姫様に奢ってもらうなんて謎《なぞ》の敗北感だし」

ふ～ん、とクロノは相槌《あいづち》を打った。嫌々《いやいや》付き合わされているように見えたが、想像していたよりも複雑な感情を抱いていたようだ。

「どれくらいショックかといえば百人隊長から平《ひら》の弓騎兵《きゆうきへい》になったくらいショックだし」

「あの時は報復人事を疑ったみたいな」

「難しい言葉を知ってるんだね」

クロノはカップを手に取り、口に運んだ。一口飲んでテーブルに置く。ちなみに報復人事とは失敗など——上司に対する反抗的《はんこうてき》な態度も含《ふく》まれる——を理由に部下を降格させたり、左遷《させん》させたりすることである。

「これでも、勉強してるみたいな～」

「ショックすぎて何もする気が起きないし～」

二人はテーブルに突っ伏したまま呻くように言った。

※

夕方——。

「書類に署名するだけの簡単なお仕事です」

クロノが執務室《しつむしつ》で自虐的《じぎゃくてき》なギャグを言いながら書類に署名していると、トントンという音が響《ひび》いた。扉《とびら》を叩く音だ。

「どうぞ！」

「失礼いたします！」

クロノが声を張り上げると、レイラが入ってきた。つかつかと歩み寄り、机からやや離れた場所で立ち止まる。

「只今《ただいま》、街道《かいどう》警備から戻《もど》りました」

「お疲れ様、レイラ。どうだった？」

「はい、人の手によるくぼみ並びにコンクリート柱――超長距離《ちょうちょうきより》通信用マジックアイテムの破損はありませんでした」

「盗賊の拠点は？」

「疑わしい場所を確認しましたが、人のいた痕跡《こんせき》は見つけられませんでした」

うん、とクロノは頷いた。デリンク一味の残党や別の盗賊団を警戒《けいかい》していたのだが、どうやら杞憂《きゆう》――いや、安心するのはまだ早いか。

「引き続き警戒をよろしく」

「はい、承知いたしました」

「ところで、傭兵《ようへい》ギルドはどう？」

「聞き込みを行った所、あまり好意的に見ていない方もいらっしゃるようです。ですが、具体的に何かをされたという話は聞きませんでした」

そう、とクロノは頷いた。概《おおむ》ねケインの報告やエレインから買った情報と合致《がっち》している。

「よき隣人《りんじん》となるまでの道のりは長そうだね」

「私もそのように感じました。ですが、ハシェルの治安を回復させた時のように地道に理解を得ていくしかないと思います」

「そうだね」

領主としてベテル山脈の傭兵——諸部族連合《しょぶぞくれんごう》の人々が馴染《なじ》めるような方策を採りたいが、合コンやお見合いパーティー、あとは飲み会くらいしか思い付かない。傭兵を雇《やと》わざるを得ない仕事が増えればまた話は違ってくるのだろうが——。

「何にせよ、これで最低限の備えはできたかな」

「クロノ様……」

クロノが安堵《あんど》の息を吐くと、レイラが小さく呟いた。

「どうしたの？」

「備えができたということはまた……」

レイラが神妙《しんみょう》な面持《おもも》ちで言う。また戦いに行くのか心配なのだろう。

「神聖アルゴ王国で不穏《ふおん》な動きがあるみたいでね」

「やはり、ケイン様を代官に据《す》えたのもそれが理由でしょうか？」

「うん、まあ、ちょっと急ぎすぎたかなって反省する部分もあるけど……。いざっていう時に慌てるのは嫌《いや》だからね」

クロノは口籠《くちご》もりながら答えた。考えてみれば先日の——盗賊団の一件はスケジュールを前倒《まえだお》しするいい切っ掛けになったと思う。

「もし、その時は……。いえ、何でもありません」

「ごめんね」

「いえ！　クロノ様の帰る場所を守ることも戦いだと心得ています」

謝罪の言葉を口にすると、レイラは自分に言い聞かせるように言った。

「報告は以上になります」

「お疲れ様。今日はゆっくり休んで」

「はッ、失礼します！」

レイラが執務室を出て行き、クロノは首飾《くびかざ》りを握り締めた。

※

夜——クロノが食堂に入ると、ティリア、フェイ、リオ、エリル、スーの五人はすでに席に着いていた。テーブルの一方にティリア、フェイ、エリルが座《すわ》り、もう一方にリオとスーが座っている。クロノはティリアの対面の席に座る。

「クロノ、仕事は終わったのか？」

「一段落した所だよ」

「ふむ、そうか」

ティリアは相槌を打つと黙《だま》り込《こ》んだ。沈黙《ちんもく》が舞《ま》い降《お》りる。気まずくはないが、奇妙な沈黙だ。ガチャという音が響く。食堂と厨房《ちゅうぼう》を隔《へだ》てる扉が開く音だ。セシリーとヴェルナがやって来て、料理を並べ始める。パンとスープ、サラダ、鶏肉《とりにく》の香草《こうそう》焼き煮豆《にまめ》添えというメニューだ。やや遅《おく》れて女将《おかみ》が側面の席——エリルの近くに座った。セシリーとヴェルナが料理を並べ終える。

「二人とも、今日はこれであがり？」

「ええ、給仕《きゅうじ》の——」

「食器を下げるのはクロノ様がやってくれるってことでいいか？」

クロノの問いかけにセシリーが答えようとするが、そこにヴェルナが割って入った。

「ヴェルナさん……」

「クロノ様が飯を食ってる間、ボーッと待ってるの苦痛じゃん」

「それもメイドの仕事ですわ」

「ちッ、骨までメイドに染まってやがる」

ヴェルナは顔を顰《しか》め、こちらに視線を向けた。

「いいよな?」

「席を外すのはOKだよ」

え〜、とヴェルナが不満そうな声を上げ、思案するように眉根《まゆね》を寄せた。

「まあ、ボーッとしてるよりマシか。分かった。食事が終わった頃にまた来るぜ」

「もう! 貴方《あなた》という人は――」

「そんなにメイドの仕事がしたけりゃ壁際でボーッとしてろよ。あたしは休憩《きゅうけい》を取るぜ」

「……わたくしも行きますわ」

セシリーはやや間を置いて答えた。ヘッ、とヴェルナがセシリーを小馬鹿《こばか》にするように笑う。すると、セシリーは柳眉《りゅうび》を逆立てた。だが、怒鳴《どな》ろうとはしなかった。髪《かみ》を掻《か》き上げ、歩き出す。

「お、おい、怒《おこ》ったのかよ?」

「怒っていませんわ」

ヴェルナの問いかけにセシリーは不機嫌《ふきげん》そのものの口調で答え、食堂を出ていった。ややあって、女将が口を開く。

「召《め》し上がれ」

「いただきます」

「「「「いただきます」」」」

「いただく」

クロノが手を合わせて言うと、ティリア、フェイ、リオ、エリル、スーが続いた。スプーンを手に取り、スープを口に運ぶ。口の中に魚介《ぎよかい》の風味が広がる。懐《なつ》かしいような、そうでないような不思議な味わいだ。女将は優《やさ》しげな笑《え》みを浮かべてエリルを見ている。

「女将――」

「エリルちゃん、美味しいかい？」

賭《か》けの結果を伝えようと、声を掛ける。だが、嫌な予感がしたのだろう。女将はスープを口に運ぶエリルに声を掛けた。エリルが無言で頷く。

「女将――」

「スーちゃんはどうだい？」

「美味《うま》い」

再び声を掛けるが、またしてもはぐらかされてしまった。どうしたものかと思案していると、ティリアと目が合った。それで察してくれたのだろうか。ティリアはエリルに視線を向け、口を開いた。

「サルドメリク子爵、接待はどうだった？」

「――ッ！」

「……上手《うま》くやれたと自負している」

ティリアの問いかけに女将は息を呑み、エリルに視線を向けた。接待ではないと言って欲しい。そんな思いが伝わってくる。だが、女将の思いはエリルには伝わらなかった。彼女はパンを二つに割りながら事実を口にしてしまう。女将はがっくりと肩《かた》を落とし、恨《うら》めしそうにティリアを見た。

「約束は守らねばな」

「はいはい、姫様はそういうお人だよ」

ティリアが口元を綻ばせながら言うと、女将は拗《す》ねたように唇《くちびる》を尖《とが》らせた。

「ったく、ちっとはまともになったかと思ってたのに」

「まあ、でも、長く保った方じゃないかな？」

女将がぼやくように言うと、リオがその後に続いた。食《く》って掛かるかと思いきや、ティリアは冷静に鶏肉を切り分けている。鶏肉をパクリと食べ、不敵な笑みを浮かべる。

「おや、余裕《よゆう》だね？」

「ふ、私は成長したんだ」

「成長したでありますか、そうでありますか」

ティリアが勝ち誇《ほこ》ったように言うと、フェイがぼそっと呟《つぶや》いた。

「私が成長して問題があるのか？」

「問題大ありであります！　成長したせいでトニー達を取られたでありますッ！」

「い、いや、私はちょっと奢っただけで――」

「私は剣術《けんじゅつ》を教えたり、服を買ってあげたりしてるのにちょっと奢ったくらいで懐かれるのはズルいであります！」

ティリアは弁明しようとしたが、フェイには通じない。言葉を遮《さえぎ》り、駄々《だだ》っ子《こ》のように拳を上下に振《ふ》る。それが面白《おもしろ》くなかったのだろうか。ティリアはムッとしたような表情を浮かべた。

「それはお前の努力が足りないいんじゃないか？」

「皇女殿下《でんか》、その言い分はあんまりだよ」

「ケイロン伯爵、私の言い分があんまりとはどういうことだ？」

「そのままだよ。努力が足りないと切って捨てるのは無体すぎるよ」

「……皇女殿下には共感能力が足りていないから仕方がない」

「何だと⁉」

エリルがぼそっと呟くと、ティリアは声を荒《あら》らげた。だが、すぐにハッとしたような表情を浮かべ、取り繕《つくろ》うように咳払《せきばら》いをする。しかし、次の言葉が出てこない。

「……」

「黙《だんま》りかい？」

「どうしろと言うんだ？」

リオが茶化《ちゃか》すように言い、ティリアは真顔で返した。成長したら成長したで新たな問題が発生する。本当に世の中はままならない。

「クロノ、どうしたらいいと思う？」

「え⁉　僕《ぼく》に振るの？」

「お嫁さんのピンチなんだぞ？　アイディアくらい出せ」

「溜息が出そう」

クロノはパンを小さく千切り、口に運んだ。

「クロノ、アイディア」

「自分が正しいと思ったことをするしかないんじゃない？」

「無責任であります！」

ティリアに催促《さいそく》され、思ったことを口にする。すると、フェイが立ち上がった。

「食事中に大声を出すんじゃないよ」

「申し訳ないであります」

女将がうんざりしたように言い、フェイは素直《すなお》に謝《あやま》って席に座った。

「クロノ様の言葉には一理あると思うでありますが、無限の時間がある皇女殿下に好きなように動かれたら打つ手なしであります」

「失礼だな、お前は！」

フェイがぼやくように言うと、ティリアは声を荒らげた。女将が溜息を吐き、リオがくすっと笑う。なんだかんだと、リオはいつものティリアの方が好きなようだ。

「打つ手なしと言っても選ぶのはトニー達《たち》だしね」

「……去就の自由は認められるべき」

エリルがぼそっと呟き、クロノはパンを頬張《ほおば》った。パンを呑み込み——。

「まあ、特殊《とくしゅ》技能者はその限りではないけど……」

「……選ぶのは本人と言った」

「領主とはこういうものです」

「……………納得した。ちょっと大人になった」

クロノがしれっと言うと、エリルはやや間を置いて頷《うなず》いた。

「そもそも、ティリアかフェイかって話じゃないし」

「「――ッ！」」

ティリアとフェイがぎょっとこちらを見る。クロノはスープを口に運び、スプーンをテーブルに置いた。

「そ、それは……。ど、どういう意味でありますか？」

「三人を保護してるのは僕なんだから僕の所に来る可能性もあるよね？　シオンさんに憧《あこが》れて神官《しんかん》の道を選ぶ可能性もあるし」

「ぐぅ、敵は皇女殿下ばかりじゃなかったでありますね」

「誰《だれ》が敵だ」

ティリアはムッとしたように言うとパンを頬張った。

「三人がどんな道を選んでも尊重して――ッ！」

「どうかしたのかい？」

ティリアが息を呑み、リオが小首を傾げる。

「どんな道を選んでも尊重してやりたいが、裏切られたという思いを抱いてしまうんだ。

頭を踏んん付けられたことを水に流せないんだ」

「皇女殿下が綺麗事《きれいごと》を口にできる日は遠そうだね」

ティリアが拳を握り締め、リオは溜息交じりに言った。

※

クロノが自室で事務処理をしていると、チーンという音が響いた。卓上《たくじょう》ベル型のマジックアイテムが鳴る音だ。どうやら誰かが近づいているようだ。素早《すばや》く署名を終え、書類を引き出しにしまう。しばらくして扉を叩く音が響いた。

「どうぞ！」

扉に向き直って声を張り上げる。すると、ガチャという音と共に扉が開いた。扉を開けたのは女将だ。シンプルなネグリジェを着ている。クロノは立ち上がり、イスの向きを変えた。手の平でイスを指し示し——。

「どうぞどうぞ」

座るように促《うなが》した。女将は深々と溜息を吐き、席に着いた。『大地の秘技』を取り出して机の上に置く。

「賭けで負けたその日に夜伽《よとぎ》だなんて狙《ねら》い澄《す》ましたようなタイミングだね」

「そんな訳ないだろ」

女将は溜息交じりに言った。もちろん、クロノだって女将がわざと賭けに負けたとは思っていない。ムキになる性格なのでついつい挑発《ちょうはつ》に乗ってしまったのだろう。

「女将も新たな刺激《しげき》に飢《う》えてたとか？」

「飢えるほど刺激にゃ不自由してないよ」

ふふふ、とクロノは笑う。すると、女将は訝しげな表情を浮かべた。

「いきなり笑ってどうしたんだい？」

「満足してくれてるみたいで安心したんだよ」

「な、何言ってんだい。べ、別にあたしゃクロノ様のお陰《かげ》だなんて言ってないよ」

クロノが耳元で囁くと、女将は上擦《うわず》った声で言った。

「で、何処から読めばいいんだい？」

「そうだね。まずは……。いや、僕が絵を指差すから女将に解説してもらおうかな？」

「解説？」

「うん、じゃあ、これをお願い」

女将が鸚鵡《おうむ》返《がえ》しに呟き、クロノは『大地の秘技』に記された絵——イラストを指差した。

「これは何をしてるのかな？」

「それは……」

「それは？」

「……」

クロノが先を促すと、女将は押《お》し黙った。恥《は》ずかしいのだろう。耳まで真っ赤だ。

「それは……。その、咥《くわ》えてるんだよ」

「何を？」

「男の人の……」

女将は恥ずかしそうに俯《うつむ》き、ごにょごにょと呟いた。

「聞こえないよ？　何を咥えるの？」

「男の人の──」

クロノが尋《たず》ねると、女将はぎゅっと拳を握り締め、何を咥えているかを口にした。

※

「沢山《たくさん》解説してもらったし、そろそろしようか？」

クロノが小さく呟くと、女将はホッと息を吐いた。安堵だけではない。言葉責めと軽い愛撫《あいぶ》によって耐《た》えがたいほど欲求が高まっているのだ。クロノは『大地の秘技』に記されたイラストを指差した。

「これをやってもらいたいな」

「どんだけイスが好きなんだい」

「別にイスが好きって訳じゃないんだけど……」

女将が呆《あき》れたように言い、クロノは頭を掻いた。だが、今日味わった生殺し感を払拭《ふっしょく》したいなんてことは言わない。

「いいかな？」

「はいはい、分かったよ」

女将が立ち上がり、クロノはイスに座った。女将がこちらに背を向けてショーツを下ろそうとし――。

「待った！」

「……」

クロノは待ったを掛けた。すると、女将はうんざりしたような顔でこちらを見た。

「僕の方を向いて、ショーツを脱いで下さい」

「なんで、そんなことをしなきゃいけないんだい」

「拘《こだわ》りと美学だよ」

「は～、分かったよ」

女将は溜息交じりに言うと、こちらに向き直った。ショーツの紐《ひも》を解くべくネグリジェの中に手を入れると動きが止まった。恥ずかしいのかもじもじしている。しばらくして意を決したように紐を引き、頰《ほお》を上気させながらショーツを脱ぐ。

「壊《こわ》れたりしないだろうね？」

「ゴルディにメンテナンスしてもらったし、大丈夫《だいじょうぶ》なんじゃないかな？」

「本当に大丈夫なのかね。それに肘掛《ひじか》けだって……」

女将はぶつくさと文句を言いながらクロノに跨《また》がった。いや、まだ片足が地面に付いているので跨がろうとしたというべきか。体勢を安定させようとしてか、クロノの首に手を回してようやく足が地面から離《はな》れる。それから女将はゆっくりと腰《こし》を下ろした。

終章『盤外』

帝国暦《ていこくれき》四三二年四月下旬夜《げじゅん》――ファーナが執務室に入ると、アルコル宰相《さいしょう》は手紙を読んでいた。いつもと変わらぬ光景だが、違《ちが》う点もある。アルコル宰相が嬉《うれ》しそうに手紙を読んでいたのだ。たっぷりと時間を掛けて読み終え、こちらを見る。また余韻《よいん》が残っているのだろう。口元が綻んでいる。

「楽しそうね？」

「……そうかも知れんな」

アルコル宰相がやや間を置いて答え、ファーナは軽く目を見開いた。まさか、肯定《こうてい》されるとは思わなかった。明日は雨だろうか。

「誰からの手紙？」

「エラキス侯爵《こうしゃく》だ。作戦に協力するように要請《ようせい》したら――」

「断られたの？」

「いや、作戦を具申《ぐしん》されてな」

くくく、とアルコル宰相は愉快《ゆかい》そうに笑った。

「どんな作戦なの？」

「詳細《しょうさい》は言えんが、面白い作戦だ」

ふ〜ん、とファーナは相槌を打った。アルコル宰相が面白いというくらいだからよほど面白い作戦なのだろう。

「だが、まあ、まだまだ詰《つ》めが甘《あま》い。大負けに負けて及第点《きゅうだいてん》と言った所だ」

「それなのに楽しいの？」

「ああ、旧友の息子《むすこ》がもう自分は駒《こま》にならぬと突っ張っているのだ。これを楽しまずして何を楽しめと言うのだ」

くくく、とアルコル宰相はこれまた愉快そうに笑った。戦争になるかも知れないのによく笑っていられるものだと思う。だが、それを除けばアルコル宰相の感情はありふれたもののように思えた。

あとがき

このたびは「クロの戦記12　異世界転移した僕が最強なのはベッドの上だけのようです」をご購入頂き、誠にありがとうございます。今まさに書店であとがきをご覧になっている方は勇気を出してレジにお持ち頂ければと思います。

はい、という訳で12巻です。ちょっと前に『2桁台突入！　ひゃっほーいッ！』と喜んでいたような気もするのですが、時間が経つのはすごく早いな～と思います。もちろん、ここまで来られたのは読んで下さる皆様の応援があればこそです。これからも皆様に楽しんで頂けるように頑張ります。

さて、12巻の内容ですが、ついに異世界にもリモートワークの波が！　な、何だって——ッ!!　からのケインが代官に任命されて人材を集めたり、問題を解決したり、業務内容を改善しようとしてやることの多さに現状維持を選びそうになったりするお話となっております。

しかし、そこは『クロの戦記』ですから肌色シーンも頑張らないと駄目だと思うんですよ、私は。なので、肌色シーンを頑張って書きました。エレナが脱衣所でぼやきながら服を着るシーンはサイトウ的に可愛いなと思うのですが、如何でしょう？

そして、今回は久しぶりに女将が表紙を飾っています。表紙を飾るのが女将となればやはり読んで下さる方は女将の肌色シーンを期待されているのではないかと思い、これまでと違ったシチュエーションをうごうご悩みながら書きました。

悩んだといえば盗賊――デリンク達の処遇についてですね。下手に温情を見せると舐められて治安が悪化する上、商人達の信頼を失う。かといって現代の刑務所に相当する施設は存在せず……。最終的に禍根を断つ意味で本編のような形になりましたが、マンパワーや施設に限りがある中でどう罰を与えるのか難しさを感じました。

続きまして13巻の内容になります。13巻は不穏な動きがあるとされている神聖アルゴ王国関連の話になります。クロノが発案した作戦の内容がちょっとずつ明らかになったり、久しぶりにあの方々が登場したりします。楽しんで頂けるように頑張りますので13巻もよろしくお願いいたします。

このまま謝辞に進みたい所ですが、今回はあとがきが4ページあるのでちょろっと近況報告を。実は、私は数年前からある思いを抱いていました。それは子どもの頃に雑に作ったプラモデルをきちんと作りたいという思いです。なかなか実行に移せないまま時間ばかりが過ぎてしまいましたが、最近になって実行に移すことができました。

作るのはガ●プラですね、ガ●プラ。記念すべき1体目は●クⅡ、2体目は●クⅡ、3体目は赤い●クⅡ、4体目は赤い●クⅡ――●ク・ピックアップかな？　と思うくらいに●クを作っています。どうして、こんなに●クばかり作っているかといえば一番手に入りやすかったからです。流石、量産機ですね。赤い●クⅡは指揮官向けカスタム機であって量産機じゃないのでは？　という指摘は真摯に受け止めます。

1体目はＹｏｕ●ｕｂｅを参考にしながら組み立てました。実際に作っている所を見せてくれるのでありがたいですね。動画の内容を参考に合わせ目を消し、さらにその後を目立たなくするために塗装しました。1体目はそれでまあまあ満足したのですが、2体目を作る時にもう少し綺麗に塗装したいと思ってスプレー式のエアブラシを購入しました。知識不足から水性塗料をラッカー系薄め液で希釈してしまいましたが、幸いにも不具合は出ず、無事に完成させることができました。

3体目は筋彫りをしてスプレー式のエアブラシで塗装し、4体目も同じようにして作り終えたのですが、ふとスプレー式のエアブラシに物足りなさを感じました。ここで表示される選択肢は『コンプレッサーを買いますか？　Ｙｅｓ／Ｎｏ』です。

私は悩みました。悩み、悩み、悩み続けて――将来、模型作りを趣味とするオタクな主人公のもとにギャルがガ●プラの作り方を教わりに来るみたいなラブコメを書くかも知れない——誰だ！？　オタクに優しいギャルはいないなんて言ったのは！　俺だ！　分かってるんだよ、畜生——ッ！　バシバシバシッ！　みたいなことを考えながらコンプレッサーを買いました。はい、ガ●プラ作りは沼です。

　では、今度こそ謝辞を。担当S様、いつもお世話になっております。今回も色々とご迷惑をお掛けして申し訳ございません。むつみまさと先生、いつも素敵なイラストをありがとうございます。表紙、口絵、挿絵、新キャラのデザイン、どれも素晴らしいと思います。童貞を殺すセーターとストッキングの組み合わせは素晴らしいと思います。

　最後に宣伝を。少年エースPlus様にて連載中の漫画「クロの戦記Ⅱ」第1巻大好評発売中であります!!　手に取って頂き、ユリシロ先生の描く迫力のバトル&肌色シーンを堪能して頂ければと思います。ちなみに第1巻の見所はクロノとティリアが仲よくなる切っ掛けとなった軍学校の演習です。こりゃ、クロノさんも根に持ちますわと思いました。むしろ、根に持つくらいで済んでよかったのではないかと。

　あと、書き下ろし特典SS付きレイラさん抱き枕カバー大好評発売中です。ご興味を持って頂けましたらホビージャパン様のオンラインショップにアクセスお願いします。小説版、漫画版ともども「クロの戦記」をよろしくお願いいたします。それでは!!

ケインが無事に代官となり、
内政も女性陣との関係も順調なクロノ。
しかし、そんな平和な時間は
瞬く間に終わりを告げた。
2023年冬、発売予定!!

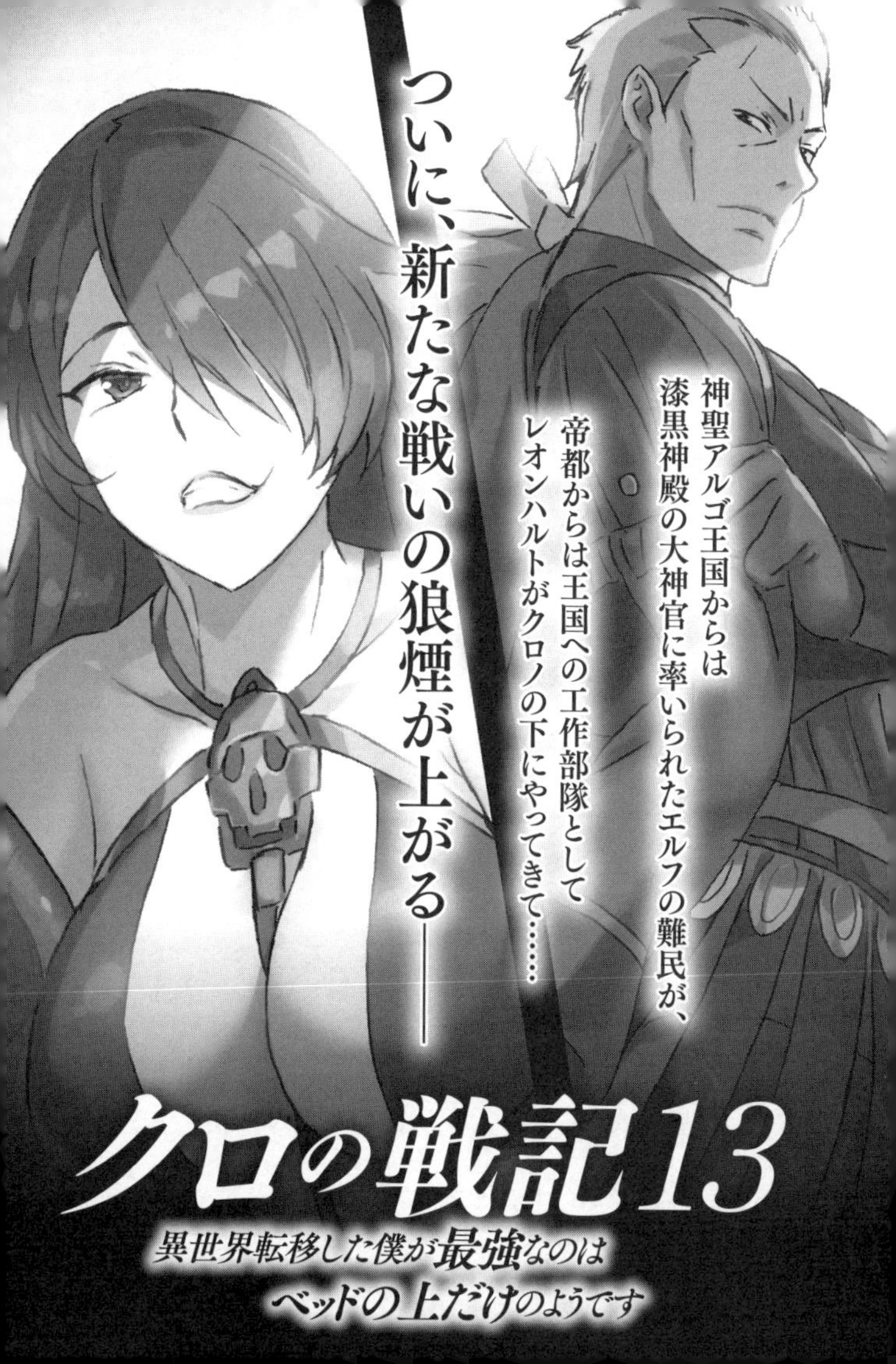

神聖アルゴ王国からは
漆黒神殿の大神官に率いられたエルフの難民が、
帝都からは王国への工作部隊として
レオンハルトがクロノの下にやってきて……
ついに、新たな戦いの狼煙が上がる――
クロの戦記13
異世界転移した僕が最強なのはベッドの上だけのようです

HJ文庫 https://firecross.jp/
1095

クロの戦記12

異世界転移した僕が最強なのはベッドの上だけのようです

2023年8月1日　初版発行

著者――サイトウアユム

発行者―松下大介
発行所―株式会社ホビージャパン

〒151-0053
東京都渋谷区代々木2－15－8
電話　03(5304)7604（編集）
　　　03(5304)9112（営業）

印刷所――大日本印刷株式会社

装丁――木村デザイン・ラボ／株式会社エストール

Printed in Japan

ISBN978-4-7986-3217-9　C0193